TRAVESSIA

memorial de um contador de histórias

Francisco Gregório da Silva Filho

Ilustrações Larissa Kouzmin-Korovaeff

São Paulo, outono de 2022

semente editorial

estabelecendo a confiança...

uso suave, convid... meu olha...
pron... por mim, as junte e dê a ... sentido ...
...cados dos ... a ... olha, ...
ar ... do outro é ... narrado, é ... o vivido, ...
...ejar o não experimentado, é chorar de ver. Eu preciso contar ...
olhos que ... andam, numa cumplicidade que perde, que oferece, ...
... harmonizados e ... olhar o olhar e perceb...
...ar ... oriz... sombras de desencontro...
... singular ... alumbramento do belo, na indignação ...
... disso meu ..., que ser... a para v...
...ção, ... encontrar ... olhar do outro. Pr... meu ...
. O olho ... olho do outro ... olho. O olh...
... olho do outro ... meu olh... Pouso suave, conv...

A poderosa corrente da palavra

Gregório contando histórias, para mim, tem algo de sagrado. É como se ele, artesão da palavra, a compreendesse para além de nós.

Todas as suas histórias – curadoria mágica – já passaram pela boca de muita gente, datadas de tempos antigos, repetidas por tribos tradicionais... a sensação que tenho é a de que estão no nosso DNA, aquilo de inconsciente coletivo, pois, apesar de nunca as ter ouvido antes, desde a primeira vez senti como se já houvessem me contado.

Gregório conta como um pajé, um xamã. Mais que efeito da barba branca e do porte altivo, que nos faz olhar para cima como crianças, sinto que isso decorre da própria história, como se o respeito que ele tem por ela a fizesse pertencer a ele e, através dele, se conectar a nós.

Claudia Gomes da Cunha

Apresentação

Algum tempo depois da publicação do livro *Guardados do coração – Avô + Avó = A Voz*, em 2018, Gregório compartilhou conosco o desejo de reeditar algumas de suas obras, dentre as quais, *Difícil passagem*, publicada originalmente em 2003.

Ao nos depararmos com o *corpus* de tal obra – um relato memorialístico sobre o percurso do jovem Gregório ainda à procura de seu espaço e de sua voz no mundo –, percebemos que, lado ao relato memorialístico do senhor Gregório (no seu recente *Guardados do coração*), já na plenitude de si e de seu destino a partir do reconhecimento estabelecido pelo diálogo com a figura de seus avós, tais narrativas nos davam uma visada singular do percurso do artista e contador de histórias: naquelas linhas, encontravam-se o jovem-aprendiz que Gregório fora com o mestre-ancião que Gregório se tornara.

As experiências vividas no universo do trabalho, no qual entrou pela vontade de "colocar as mãos em função", como havia aprendido com a avó, serviram-lhe para o exercício do entalhe primoroso de sua postura diante do outro. Dos cadernos de contabilidade, em que aprendera a balancear a renda obtida pela padaria em que trabalhou, passando pela fábrica independente de pipas, à função de escriba no programa de rádio, abrindo sua escuta às diversas narrativas de vida que ali chegavam, já despontavam as características marcantes que se expressam ainda hoje em suas ações formativas e formadoras.

Este livro, *Travessia – memorial de um contador de histórias*, nasce então do desejo de compartilhar a trajetória de ofício desse tão querido contador de histórias, e se estabelece na confluência das duas narrativas, quando o narrador em terceira pessoa se evidencia também personagem no discurso em primeira pessoa:

> *Ele, o jovem Chico, que tem andado ultimamente com uma mala cheia de livros – contos e poemas, fábulas, crônicas e contos populares –,*

lendo e contando histórias. [...] *Faz voar o imaginário de outros jovens, dando voz e escrevendo suas experiências.* (p.52).

Hoje, mostro meus braços inteiros, minhas mãos, [...] *ofereço-os para o abraço, para o carinho, para o trabalho. E busco, dentro do possível, o equilíbrio para discernir modestamente meu papel social.* (p.60).

Na sua prática de se perceber, reconheceu os saberes avoengos que havia incorporado – como uma herança que permanece –, tornando-se ele, portanto, a companhia para outras travessias: Francisco Gregório da Silva Filho, agente da palavra dita, nos convidando a reconhecermos também as histórias que encarnam e dão voz à nossa presença no mundo.

Outono de 2022,

Ana Clara das Vestes e Larissa Kouzmin-Korovaeff

de virtudes.
Entre um pirulito
histórias eram
E todos
histórias que tinham
os tornavam

Sumário

[illegible] estabelecendo a confiab[illegible]
so suave, convida[illegible] meu olha[illegible] pressa de re[illegible]
ronun[illegible]adas por mim, as junte e dê a ela[illegible] sentid[illegible] imagens reviradas [illegible] em seus baús [illegible] soais. O olha
[illegible]ados dos [illegible] coração, [illegible] a escolha, [illegible] a preferência, extr[illegible] o sufocado, dissolvem o velado, desentope
[illegible] do outro é sublinh[illegible] o narrado, é des[illegible] o vivido, e tornar possível, é possibilitar o percurso e os atalhos, é estender o
[illegible]sejar o não experimentado, é chorar de ver. Eu precis[illegible] contar no encontr[illegible], no olh[illegible] receptor e indagador. Gosto de narrar com os olho
[illegible]os que des[illegible]ndam, numa cumplicidade que pede, que oferece, que flexibiliza a certeza. Dizer-me e saber do [illegible] na simulta[illegible]
[illegible] ajustados, sintonizados e sincro[illegible] olhar o olhar é perceber a diferença, é desconfiar para process[illegible] e discernir [illegible] guardar. É
[illegible] horiz[illegible] escuras, sombras de desencontros, desilusões profundas e achados iluminados. Olhando o olhar do ou
[illegible] singular no alumbramento do belo, na indignação do injusto, na aproximação das paixões. Só posso contar uma histó
[illegible] isso, meu [illegible], que serv[illegible] para vá[illegible] momentos da sua vida: [illegible] histórias, para discursar, para liderar,
[illegible] que encontrar [illegible] olhar do outro. Preste atenção, meu neto! Sim, vovô [illegible] tenho guardado esse depoimento
[illegible] olho precisa encontrar o olho do outro [illegible]. O olh[illegible] confiabilidade do diálogo. O olhar do outro é o alimen
[illegible] olho do outro no meu olho. Pouso suave, convidativo, deposito meu olhar no olhar do outro, sem pressa de retira
[illegible] convencê-lo, [illegible] palavras pronunciadas [illegible] e dê a elas sentido, produzindo imagens revirad
[illegible] ajuda a ouvir. Os olhos ajudam a buscar os significados dos guardados do coração, apoiam a escolha, recolhem a preferência, e
[illegible] o belo [illegible] desapercebido [illegible] do outro é sublinhar o narrado, é destampar o vivido, e tornar possível,
[illegible] descobertas, é romper o conformado, é desejar [illegible] experimentado, é chorar de ver. Eu preciso contar no encontro, no olhar
[illegible] Vou narrando, dando voz às palavras para olhos que desvendam, numa cumplicidade que pede, que oferece, que flexibiliza a certeza
[illegible] desfecho. O olhar [illegible] ver juntos, ajustados, sintonizados e sincronizados. Olhar o olhar é perceber a diferença, e
[illegible] a pausa, o silêncio e a explosão. A voz com o olhar, partilhando horizontes em dobras escuras, sombras de desencontros, desilusões profu
[illegible] territórios de pisos poéticos, olho-me como um espelho singular no alumbramento do belo [illegible] do injusto, na ap
[illegible] minha voz [illegible] tomar dimensão. Preste atenção nisso, meu neto, que [illegible] para vários momentos d[illegible]
[illegible] sente [illegible] conquistar e para se pôr com distinção, tem que encontrar o olhar do outro. Preste atenção [illegible] neto! Sim, vovô vou
[illegible] seu gravador de trabalho, há muito tempo. O olho precisa encontrar o olho do outro. Olho no olho. O olhar estabelece [illegible] confiab
[illegible] a respiração do outro. Necessito do olhar, do olho do outro no meu olho. Pouso suave, convidativo, deposito me
[illegible] as palavras que vou pronunciando. Não preciso convencê-lo, preciso que ouça as palavras pronunciadas por mim, as junte e dê
[illegible] olhar ajuda a dizer e, principalmente, ajuda a ouvir. Os olhos ajudam a buscar os significados dos guardados do coração, a
[illegible] desentopem o ajustado, desarrumam para enxergar [illegible] o belo e [illegible] desapercebido. Olhar o olho do outro é sublinhar o narr
[illegible] estender o plausível a extremos tensionados de descobertas, é romper o conformado, é desejar [illegible] experimentado, é chor
[illegible] os olhos percorrendo as dúvidas do olhar do outro. Vou narrando, dando voz às palavras para olhos que desvendam [illegible] numa cumplicidade
[illegible] revelação de um conflito, de um afeto, de um desfecho. O olhar [illegible] para o ver juntos, ajustados, sintonizados e sincroni[illegible]
[illegible] olhar. É necessário sentir o vácuo do olhar, a pausa, o silêncio e a explosão. A voz com o olhar, partilhando horizontes [illegible] escuras
[illegible] do outro, ouvindo o que vou desvelando, em territórios de pisos poéticos, olho-me como um espelho singular no alumbramento
[illegible] história encontrando o olhar do outro para minha voz poder [illegible] tomar dimensão. Preste atenção [illegible] meu neto, que serv
[illegible] liderar, para se defender, para se fazer presente, para conquistar e para se pôr com distinção, tem que encontrar [illegible] do outro.
[illegible] numa fita K-7 gravada por meu avô em seu gravador de trabalho, há muito tempo. O olho precisa encontrar o olho do outro.
[illegible] solidário para eu me pôr diante, de frente, encontrando a respiração do outro. Necessito do olhar, do olho do outro no meu o
[illegible] permanecendo, dizendo-me sobre as palavras que vou pronunciando. Não preciso convencê-lo, preciso que ou[illegible]
[illegible] em seus baús, em seus acervos pessoais. O olhar ajuda a dizer e, principalmente, ajuda a ouvir. Os olhos ajudam a buscar os s
[illegible] o sufocado, dissolvem o velado, desentopem o ajustado, desarrumam para enxergar [illegible] o belo e o [illegible]
[illegible] e possibilitar o percurso e os atalhos, é estender o plausível a extremos tensionados de descobertas, é romper o conforma
[illegible] olhar receptor e indagador. Gosto de narrar com os olhos percorrendo as dúvidas do olhar do outro. Vou narrando, dando voz às palavras
[illegible] certeza. Dizer-me e saber do outro na simultaneidade da revelação de um conflito, de um afeto, de um desfecho. O olhar [illegible] para
[illegible] desconfiar para processar e discernir o que guardar. É necessário sentir o vácuo do olhar, a pausa, o silêncio e a explosão. A voz com
[illegible] sões profundas e achados iluminados. Olhando o olhar do outro, ouvindo o que vou desvelando, em territórios de pisos poéticos, olho
[illegible] na aproximação das paixões. Só posso contar uma história encontrando o olhar do outro para minha voz poder [illegible] tomar
[illegible] vida: para contar histórias, para discursar, para liderar, para se defender, para se fazer presente, para conquistar e para se pôr c
[illegible] vou prestar! PS: Tenho guardado esse depoimento numa fita K-7 gravada por meu avô em seu gravador de trabalho, há mu
[illegible] confiabilidade do diálogo. O olhar do outro é o alimento solidário para eu me pôr diante, de frente, encontrando a [illegible]
[illegible] deposito meu olhar no olhar do outro, sem pressa de retirá-lo, permanecendo, dizendo-me sobre as palavras que vou pronunciando
[illegible] a elas sentido, produzindo imagens reviradas em seus baús, em seus acervos pessoais. O olhar ajuda a dizer e, principalme
[illegible] apoiam a escolha, recolhem a preferência, extraem o sufocado, dissolvem o velado, desentopem o ajustado, desar[illegible]
[illegible] narrado, e destampar o vivido, e tornar possível, e possibilitar o percurso e os atalhos, é estender o plausível a extremos tension
[illegible] Eu preciso contar no encontro, no olhar receptor e indagador. Gosto de narrar com os olhos percorrendo as dúvidas
[illegible] cumplicidade que pede, que oferece, que flexibiliza a certeza. Dizer-me e saber do outro na simultaneidade da revelação de um conflito, de u
[illegible] sintonizados. Olhar o olhar é perceber a diferença, é desconfiar para processar e discernir o que guardar. É necessário [illegible]
[illegible] dobras escuras, sombras de desencontros, desilusões profundas e achados iluminados. Olhando o olhar do outro, [illegible]
[illegible] alumbramento do belo, na indignação do injusto, na aproximação das paixões. Só posso contar [illegible] olhar do o
[illegible] neto, que serv[illegible] para contar histórias, para discursar, para liderar, para se defender, para se [illegible]
[illegible] do outro. Preste atenção, meu neto! Sim, vovô vou prestar! PS: Tenho guardado esse depoimento numa fita K-7 gravada por
[illegible] do outro. Olho no olho. O olhar estabelece a confiabilidade do diálogo. O olhar do outro é o alimento solidário para eu me pôr di
[illegible] no meu olho. Pouso suave, convidativo, deposito meu olhar no olhar do outro, sem pressa de retirá-lo, permanecendo, dizen[illegible]
[illegible] ouça as palavras pronunciadas por mim, as junte e dê a elas sentido, produzindo imagens reviradas em seus baús, em seus acervo
[illegible] os significados dos guardados do coração, apoiam a escolha, recolhem a preferência, extraem o sufocado, dissolvem o vel
[illegible] desapercebido. Olhar o olho do outro é sublinhar o narrado, é destampar o vivido, é tornar possível, é possibilitar o percurso e os atal
[illegible] conformado, e desejar o não experimentado, é chorar de ver. Eu preciso contar no encontro, no olhar receptor e indagador. Gosto de nar
palavras para olhos que desvendam, numa cumplicidade que pede, que oferece, que flexibiliza a certeza. Dizer-me e saber do outro [illegible]
[illegible] ver juntos, ajustados, sintonizados e sincronizados. Olhar o olhar é perceber a diferença, é desconfiar para processar e discernir

Parte I

Travessia

Calça, cinto, meia, sapato, camisa, relógio, carteira com os documentos, carteirinha de estudante, um pente, lenços de papel no bolso e ainda uma caneta. Ah, sim, sempre que possível, umas balas ou drops. Chicletes não, jamais gostava de mascar chicletes.

Bom, estes eram os apetrechos necessários para que Chico se sentisse completo, pronto para uma saída, uma volta na praça, uma ida ao cinema, um passeio no shopping ou coisa assim. Saía para passear, encontrar pessoas, jogar conversa fora, desfilar, mostrar-se, difundir-se com os outros. Alguns dinheirinhos nos bolsos, e lá estava ele por se distrair, ganhar na vista.

Um dia, na escola, a professora de teatro leu uma peça de Sófocles, uma tragédia chamada

Antígona. Nesse dia, conversaram muito sobre a necessidade de se exercitar constantemente a desobediência. Antígona desobedeceu a uma ordem arbitrária e autoritária de um rei soberbo, arrogante, prepotente, absoluto. Uma lei que contrariava o costume dos homens de enterrarem seus mortos.

Depois disso, cresceu para Chico a importância de muitas conquistas de mulheres, homens, crianças, velhos, decorrentes exatamente de atos de alguns desobedientes. Perguntou-se, assim: a que desobedecer? A quem desobedecer? Poderia desobedecer a ele mesmo? Foi aí que lhe veio o sentido da palavra discernimento. Discernir... é necessário aprofundar o exercício de discernir, pensou. Discernir para saber escolher, assumir, obedecer, contrariar e se apresentar. Apresentar-se a si e ao outro. Produzir escolha para dizer, vestir, usar, carregar, calçar, pagar e se importar.

Desde então, passou a carregar uma Antígona dentro de si. Uma Antígona viva, pronta para desobedecer. Sentia, claramente, essa Antígona em seu corpo, em sua cabeça, em seu coração.

*

Informou a seus pais que queria trabalhar, arranjar um emprego. Precisava produzir, fazer um estágio, aprender um ofício. Pediu a ajuda deles para obter uma oportunidade. O senhor Vieira e dona Lindaura eram pessoas amigas de seus pais e consentiram uma vaga de estágio como assistente de garçom em seu estabelecimento, o Bar-Restaurante e Sorveteria do Vieira.

Com o passar do tempo, galgou também a vaga de auxiliar para assuntos gerais, e passou a estudar à noite. Assim, concluiu o primeiro ano de técnico em contabilidade. Durante o dia, numa jornada de oito horas, fazia de tudo: limpeza do chão, das mesas e das garrafas de refrigerantes e cervejas. Lavagem dos copos e das louças; servia os fregueses, atendia aos chamados para a compra de cigarros, isqueiros e fósforos. Enchia as formas de picolé e colocava água na salmoura. Enfim, de tudo um pouco e muito.

O estabelecimento localizava-se no centro da cidade, na esquina em frente à Rádio Difusora.

Mantinha o rádio ligado o dia inteiro, para escutar os programas dos locutores e programadores que frequentavam o bar. Gostava muito de ouvir rádio; desde criança aprendera a ouvir os programas que seu pai e sua mãe apreciavam. Também atendia aos pedidos dos que trabalhavam na Rádio, do sonoplasta ao diretor, entregando-lhes lanches e refrigerantes, e ainda ao público que frequentava o prédio, seu auditório e estúdios – os ouvintes apaixonados e fãs dos locutores.

Trabalhava até as 17 horas. Corria em casa, tomava um banho e saía para o colégio de uniforme, bolsa com cadernos e livros, além de um cansaço medonho. Fato é que, um dia, levou quatro cervejas aos locutores da tarde na própria Rádio e, ao sair, já perto da hora de fechar seu expediente, esqueceu-se de cobrá-las. Dona Lindaura, na hora da conferência, percebeu o desfalque correspondente ao valor das quatro cervejas, e perguntou a ele no dia seguinte, mas ele não soube explicar a falta desse valor. A suspeita foi instaurada e, no final do dia, estava despedido.

Muito tempo depois é que foi lembrar de seu esquecimento de cobrar dos locutores as quatro cervejas. Não voltou ao local para esclarecer o fato. Estava magoado pela suspeita, que ficou cravada em seu coração, marca que carrega até hoje, sem rancor nem mágoa, mas cravada como uma rachadura. Seu primeiro emprego, seu primeiro trabalho, a primeira vez que tomou ciência de uma suspeita. Ainda hoje, ele, um suspeito; na rua, no trabalho, entre os amigos. Ele, suspeito de si, até em sua casa. Ele, suspeito consigo mesmo.

*

Queria aprender um ofício, aprendera com sua avó a colocar as mãos em função. Cursava o primeiro ano de contabilidade, e já passara a conhecer o processo de fazer balanço contábil: brincava com os cadernos de borrão, caixa de entrada, caixa de saída e com as contas brutas e as contas líquidas; pegar o bruto, balançar e obter o líquido; líquido positivo ou líquido negativo.

Depois da experiência de assistente de garçom, resolvera procurar um estágio numa padaria, como assistente de padeiro. Conseguiu, com a mediação de seu pai, um estágio de seis horas de trabalho por dia numa padaria de um dos seus conhecidos. Estudava à noite, conforme a necessidade e as encomendas de bolos, pães doces e sonhos.

Gostava da experiência, porém testemunhou que o padeiro desviava parte da matéria-prima para vender por conta própria para outras padarias. Pequenos desvios com os quais não concordava. O padeiro percebera seu espanto e suspeita e o ameaçou de uma surra (e até de morte) caso ele revelasse ou delatasse a alguém o que ocorria ali nas rápidas ausências dos donos do estabelecimento.

Achou melhor, então, ele mesmo pedir dispensa do cargo, alegando necessidade de se dedicar aos estudos. Os proprietários lamentaram sua saída, pois ele tinha um futuro promissor no ramo dos sonhos. De fato, ele estava entusiasmado com o ofício e se aplicava, a cada dia, no preparo da massa e dos cremes dos deliciosos petiscos tão cobiçados por meninos e meninas, principalmente no horário de saída das escolas vizinhas.

Desse modo, privou-se de uma atividade de que estava gostando por não concordar com a conduta de um dos funcionários, precisamente o padeiro do horário diurno. Além de não concordar com tal atitude, ainda tinha sido ameaçado caso deixasse escapar alguma denúncia.

Por muito tempo, questionou sua decisão. Teria sido correto calar diante daqueles atos desonestos? Seria justo sacrificar o exercício de aprendizagem de um ofício no qual se envolvia prazerosamente por se sentir ameaçado? Nunca esclareceu para si mesmo essa questão, e ficou pensando, tentando dar sentido à palavra covardia. Acrescentaria em seu acervo pessoal, seu repertório de vivências mais esta expressão: covarde? Nunca falou sobre isso com ninguém, guardou segredado em seu peito.

*

Conseguira outro trabalho. Agora, numa lanchonete e sorveteria. Trabalhava sete horas corridas, das 6 às 13 horas, com direito a um descanso de 15 minutos e a um lanche. Também fazia de um tudo, desde limpeza do salão, mesas e cadeiras até o preparo dos lanches e o atendimento aos fregueses. Sanduíches, sucos, salgadinhos, tortas, empadões, pastéis, biscoitos, leite, café, refrescos, picolés e sorvetes. Lanches para todos os gostos e apetites. Atendia no balcão e nas mesas e ainda preparava os pedidos. O filho do dono fiscalizava tudo e fazia o papel do caixa: recebia, passava o troco, conferia as notas e dava as ordens.

Inicialmente, gostou do trabalho. À tarde, descansava um pouco, passava algumas tarefas de casa e às 18 horas ia para o colégio, onde permanecia até as 22 horas. Dava para ir levando o trabalho, os estudos e ainda dar umas "namoradas".

Na lanchonete, gostava de preparar os sanduíches de queijo, que incrementava com fatias de tomate e pitadas de orégano, e mistos-quentes, que ele enfeitava com um fatia de pimentão. Fato é que a freguesia aumentou com os cuidados que inaugurara no preparo dos sanduíches e na atenção dada durante o atendimento.

Ganhava um salário mínimo e uma parcela do rateio da caixinha. Sabia que estava sendo explorado pelo filho do dono do estabelecimento, mas a experiência lhe agradava. Bem, até o dia em que presenciou a compra de um lote de peças de presunto com a data de vencimento há muito ultrapassada. Compra realizada pelo dono da lanchonete a um vendedor que oferecia nota fiscal por um valor e cobrava por outro, bem abaixo, tudo isso para aproveitar as peças de presunto vencidas, algumas já apresentando até manchas roxas.

E ainda coube a ele lavar e fatiar as tais peças para o preparo dos sanduíches. Ainda que tenha ficado profundamente chocado e chateado com o que testemunhara, cumpriu as ordens do filho do patrão de preparar as fatias lavando-as e banhando-as num xarope de massa de tomate, a fim de torná-las coradas e atraentes para serem expostas na vitrine dos sanduíches.

Passou dias e noites preocupado com essa sua participação; mesmo sem desejar, estava compactuando com atos desonestos. Também passou a observar com mais atenção outros tipos de trapaças, principalmente na confecção dos sorvetes, sobretudo os de fruta. Para economizar nas polpas, sempre eram acrescentados corantes e aromatizantes artificiais, sendo que os sorvetes eram anunciados como naturais.

Um dia, apareceu um fiscal da saúde pública que descobriu as peças de presunto já estragadas e quis multar o proprietário com uma quantia alta e ainda lavrar ato processual. O filho do dono argumentou até encontrar uma justificativa escandalosamente injusta: disse que não notara as datas de vencimento do presunto e que o funcionário não o havia alertado sobre isso.

Por fim, foi responsabilizado por não ter percebido as datas de vencimento, e o fiscal recebeu um pró-labore, uma gratificação por não ter lavrado a multa e nem o processo, além da promessa de que o "funcionário relapso" seria demitido. Foi mandado embora sem aviso prévio e por "justa causa". Os colegas de trabalho testemunharam a favor do patrão, e ele ficou novamente sem emprego.

*

Seu pai, mais uma vez, atendendo a seu insistente pedido, intermediou o contato com um escritório de advocacia e contabilidade. Foi acertado um estágio de três meses em caráter experimental. Receberia um salário e meio e teria como tarefa auxiliar os contadores profissionais no fechamento dos balanços mensais de pequenas e médias empresas.

O escritório prestava assessoria contábil e jurídica a empresas de diferentes origens e áreas de atuação. No primeiro dia em que se apresentou, ele e outro estagiário, Arnaldo, estudante de Direito, foram convidados para uma conversa com um dos diretores. Depois de muita falação e recomendações, o tal diretor esclareceu o verdadeiro papel do escritório: burlar as leis – as contábeis e as judiciais. A expectativa dos clientes era a de que o escritório os ajudassem a burlar as leis. Se fosse para cumpri-las, não seria necessária a assessoria dos especialistas em técnicas contábeis e em leis trabalhistas e fiscais. De modo que o escritório sobrevivia dessas assessorias, os estagiários teriam que aprender algumas espertezas para livrar os clientes de serem incomodados pelos fiscais de renda do governo.

Então, era assim... iria participar, como estagiário, de manobras para ajudar os empresários a burlarem as leis e a levarem vantagens?

Já em casa, contou a seu pai o que ouvira no seu primeiro dia de estágio. Seu pai o ouviu silencioso, depois perguntou o que ele achava daquilo.

— Ora, meu pai, estou estudando contabilidade para melhor exercer um ofício honesto e digno...

Seu pai o interrompeu com tom definitivo:

— Amanhã você não vai mais. Vamos procurar outro lugar, sem ansiedade, sem pressa. Você precisa se cuidar. Continue estudando, que nós vamos encontrar um bom estágio.

Muito tempo passou matutando sobre a fala do diretor, tentando entender: quer dizer que se estuda, se especializa num assunto não para se aperfeiçoar no trabalho, mas para burlá-lo? Essa não; não podia mesmo aceitar tal argumento!

*

Continuava a frequentar o curso de técnico em contabilidade e resolveu aplicar seus conhecimentos montando uma fábrica de pipas, papagaios e pepetas no porão de sua casa. Com algum dinheiro para a compra de matéria-prima, sua habilidade manual e seus conhecimentos contábeis, decerto lograria sucesso em seu empreendimento.

Comprou papel de seda de várias cores, caixas de carretéis com linha zero, encomendou talas de buriti e adquiriu os livros-caixa e borrão. Durante o dia, aplicava sua disposição na construção de pipas em vários tamanhos e modelos. Desenhava os formatos e criava as combinações de cores dos papéis. A cola, ele mesmo preparava, no fogo, com farinha e água, resultando numa goma grossa e especial. Os talos de buriti lhes chegavam presenteados por seu tio que, às margens de um igarapé, em um pedaço de charco, tinha um buritizal com muitas e enormes palmeiras.

Produzia belas pipas e vendia aos colegas da escola, de rua e aos garotos de outros bairros. Até os adultos, principalmente os pais, o procuravam a fim de encomendar pipas para presentear seus filhos. Ele caprichava na feitura dessas aves de papel que voavam alto e balançavam no ar, fazendo desenhos que até os pássaros, no céu, apreciavam. Todavia, confessava aos mais íntimos, se considerava bom construtor de pipas mas um péssimo empinador e trançador; nas competições, não lograva grandes feitos.

Seu empreendimento crescia inesperadamente; seus livros-caixa continham todas as anotações de entrada e saída de dinheiro. O balanço apresentava um líquido positivo. Com o lucro, comprou sua primeira bicicleta, adquiriu vários números das revistas em quadrinhos preferidas e ainda comprou bolas oficiais para jogar nos finais de semana com os colegas de rua.

Sua casa virou endereço bastante procurado e conhecido da meninada. Sua irmã, em alguns momentos o ajudava no atendimento a esses garotos, vendendo as pipas e anotando as encomendas e os modelos preferidos. Ele recompensava seus préstimos lhe pagando ingressos de shows e do cinema.

Até que um dia se surpreendeu ao se perguntar se o negócio que estava desenvolvendo não o fazia permanecer criança, menino, garotão...

Ele desejava participar de um negócio de rapaz, de homem. Com isso na cabeça, conversou com sua irmã e com uma amiga, que fizeram considerações nesse sentido.

Resolveu, então, parar com as atividades da fábrica de pipas. Fez o balanço final e encerrou o caixa. Recebeu vários apelos dos meninos e de seus pais para não parar a produção, mas estava decidido a procurar outro fazer. Um fazer que o faria rapaz, homem.

*

Por causa da fábrica de pipas, conheceu o pai de um dos meninos que gostavam de empinar papagaios. Esse senhor era capitão da Aeronáutica e, sabendo do seu interesse em estagiar em alguma área que o fizesse crescer, encaminhou-o a um sargento coordenador de um laboratório de solo que prestava serviços na preparação de estradas e pistas de aeroportos.

Estava exultante, o novo desafio era animador. Finalmente, foi recebido como assistente de laboratório para as tarefas de recolher, pesar, colocar para secar nas estufas, enfim, manipular o barro para medir sua umidade e capacidade de compactação a fim de diagnosticar a densidade de impacto do solo. Trabalho excitante e curioso.

Dedicava-se com tanta disponibilidade e disposição às tarefas e ao aprendizado de compactar terra e asfalto que merecia a admiração de todos no laboratório. A perspectiva era boa, e a expectativa de se habilitar em alguma especialidade crescia, ainda que evidenciasse uma dicotomia em relação ao que estudava em contabilidade e o que aprendia com as provetas, balanças, estufas, máquina de impacto de força, etc.

Recolher terra, cavar buracos, lavar o barro, molhar as diferentes amostras para descobrir as possibilidades de ligamento e impermeabilização eram as tarefas que realizava, além de fazer os cálculos por metros cúbico e quadrado dessas amostragens. Contava essas experiências aos seus colegas com tanta alegria que se sentia feliz e um pouco mais "homem". Foi, então, por questões orçamentárias da empresa que recebeu dispensa sem aviso prévio.

*

Menino já não se considerava mais. Sabia ser um rapaz, com muito medo do mundo dos homens. De homens machos, como seus colegas falavam.

Compreendia-se como uma pessoa que queria ser delicada e atenciosa com os outros. Desejava trabalhar, ser criativo e honesto. Queria encontrar um trabalho que pudesse exercer com dignidade. Queria, ainda, continuar estudando, concluir o curso de técnico em contabilidade e pensar em escolher uma faculdade para desenvolver alguma especialização. Esforçava-se em aprender ofícios que o entusiasmassem e com os quais pudesse aprimorar habilidades e seus conhecimentos.

Trabalhar como ajudante de serviços gerais, oito horas por dia, numa papelaria, por um salário mensal e sem carteira assinada?... Tudo bem, lá foi, esperançoso, mexer com cadernos, lápis, borracha e todo tipo de material escolar. Aconteceu que, logo no primeiro dia, uma das tarefas era empacotar uma grande encomenda e entregá-la ao cliente, com o detalhe de que tinha que levá-la carregando grandes pacotes nas costas.

Morreu de vergonha ao carregar aqueles pacotes imensos na rua, à vista dos colegas, em especial das meninas, com quem desenvolvia uns lances de charme – ou, melhor, tentava seduzi-las com seu charme. Chateou-se de estar envergonhado; tinha consciência de que não havia nenhum problema em trabalhar, mesmo que esse trabalho parecesse menor do que o que o seu potencial permitia. Contudo, confessou a si mesmo, não suportaria mais aquele mal-estar.

No final do dia, agradeceu ao dono da papelaria a confiança e o crédito que tinha merecido e ali mesmo pediu dispensa. Saiu confuso. Foi para o curso de contabilidade e não conversou com ninguém sobre o que sentira.

*

Conseguiu um estágio por meio de contatos com os locutores da Rádio Difusora. Inicialmente sua função seria a de receber as pessoas que desejassem remeter algum aviso pelo rádio a alguém, sobre qualquer tipo de assunto.

Passava seis horas sentado, ouvindo o conteúdo dos avisos das pessoas que ali chegavam, às quais, inclusive, ele ajudava a escrever para os locutores lerem nos estúdios. Avisos funerários, de achados e perdidos, recados para pessoas distantes, anúncios de reunião de associações de moradores dos distritos próximos, recados amorosos e com melodias de aniversário.

Gostava muito do trabalho. Ouvia as pessoas e escrevia os textos ali mesmo, de modo que elas pudessem modificar ou aprovar. Alguns recados eram tristes e até dramáticos; outros, alegres e de boas promessas. Não gostava muito dos momentos em que precisava escrever textos fúnebres, principalmente porque as pessoas chegavam chorando, doloridas e inconformadas com a perda. Ouvi-las com calma e redigir anúncios simples e contundentes era o seu dever, mas não lhe dava prazer.

Já a procura dos recados de parabéns aos aniversariantes era muito grande, e ele caprichava nas palavras, como em uma das mensagens preferidas dos ouvintes, o texto mais procurado e repetido para a ocasião:

Hoje os passarinhos amanheceram cantando com mais alegria, anunciando mais uma primavera da jovem irradiante... Seus amigos, com muito carinho, desejam felicidades e oferecem a melodia Parabéns para você.

Com esses anúncios, recados e mensagens, a rádio arrecadava muito dinheiro, mas só lhe pagava 50% do salário mínimo. Disseram os diretores, quando ele foi reivindicar um aumento, que ele era menor e estava apenas estagiando, mais tarde, quem sabe, não seria possível melhorar um pouco aquele pagamento...

Apesar da exploração, desfrutava de ambiente bastante acolhedor por parte dos companheiros de trabalho. E, ainda por cima, contribuía com a melhora da arrecadação de recursos da rádio com criatividade na redação das mensagens.

O número de clientes aumentou significativamente; tanto que pediram que passasse a escrever também os textos dos anúncios dos pequenos comerciantes. Redigia propaganda de armarinhos, bares, restaurantes, açougues, farmácias, armazéns e quitandas. Até anúncios de ofertas de serviços de lavanderias, empregadas domésticas, porteiros, jardineiros, etc. A arrecadação aumentava; percebia que podia insistir um pouco mais no merecimento de ganhar um aumento. O diretor comercial da rádio zangou-se com sua insistência e ameaçou suspender o estágio, que já durava seis meses; mas, antes que resolvesse cancelar o estágio, ele mesmo o interrompeu. Depois, ficou triste com sua atitude radical.

*

Foi convidado por uma professora a integrar um grupo de teatro amador da escola. Sem trabalho, sem namorada e apenas estudando no curso de técnico em contabilidade, aceitou, esperançoso de se descobrir com algum talento para esse fazer que exige estudo e dedicação. Participou das primeiras reuniões, um pouco tenso e inseguro, mas, com os exercícios de relaxamento e relacionamento, foi ganhando confiança.

Esforçava-se nas aulas de expressão vocal e corporal. Leu vários textos dos personagens da peça em ensaios e, por fim, ganhou o papel de um que tinha apenas uma fala de apenas uma frase durante toda a peça. Mesmo assim, entusiasmou-se com o tal papel. Vibrava com os ensaios e, a cada dia, era mais aplicado e atento às orientações da professora.

Seus colegas de grupo o estimulavam e eram solidários a seu empenho. Embora sua intervenção no espetáculo fosse realmente pequena, sua participação no todo era integral: ajudava na montagem do cenário, na confecção dos figurinos, no projeto de iluminação e apoiava nas tarefas de produção e divulgação. Seu papel consistia apenas em atravessar o palco se arrastando, num momento noturno em que se passava uma cena de cessar-fogo em meio a uma guerra, para pedir a um soldado inimigo que tocasse uma música romântica em sua gaita para ele ouvir.

Então, ele projetava a voz para que todos da plateia o ouvissem, e dizia naquela espécie de “portunhol”:

— *Hey, amigo, toca um poquito tu gaita para mi recuerdar mi queridita.*

Depois de satisfeito o pedido, com a execução por parte do soldado inimigo, agradecia e retornava ao acompanhante da tropa, arrastando-se pela mata do cenário da peça.

Essa era a única intervenção de seu personagem na peça, o único momento de sua aparição no palco, mas fazia isso com tal garra, tanta concentração e em tamanho estado de graça que, sempre que a cena findava, era aplaudido por todos.

Um dia, um embaixador, grande estimulador do teatro estudantil, foi assistir à peça e, após a apresentação, mandou chamá-lo, parabenizou-o pelo papel e pela forma como o havia interpretado, e lhe perguntou se ele desejava seguir carreira no teatro, ao que ele respondeu imediatamente que sim.

— Então, leia. Leia muito. Leia a dramaturgia brasileira, a dramaturgia clássica e leia também, o quanto possível, poesia. Leia e leia! Felicidades, parabéns.

*

Sua mãe adoecera de súbito. Seu pai não estava em casa. Tomou a iniciativa de levá-la ao hospital. Imediatamente foi internada, e os médicos logo aplicaram soro e fizeram uma transfusão de sangue. Quando viu o sangue entrando pela veia do braço de sua mãe, não suportou e desmaiou. Recuperou-se minutos depois com a ajuda dos enfermeiros e de um médico, que foi logo lhe dizendo:

— Seja homem, rapaz! Deixe de ser frouxo!

Melhorou um pouco e ligou para seu pai, que chegou logo depois e o encontrou completamente abalado com o estado de saúde da mãe e com a frase que ouvira do médico. Todavia, a presença do pai fez com que relaxasse um pouco e ele começou a chorar. O enfermeiro que atendia sua mãe, vendo-o chorar, logo sapecou:

— Não chore, rapaz! Homem não chora!

Seu pai olhou-o, piscou para ele e sorriu. Na sua casa, seu avô e seu pai choravam. E ele também chorava muito.

*

Festa de São João. O bairro inteiro mobilizado para o grande arraial com fogueiras, barraquinhas com pamonhas, canjicas, milho assado, milho cozido, bolo de macaxeira com castanhas, quentão, aluá de milho, tacacá, maniçoba, pé de moleque, broas de milho e tantas guloseimas apetitosas.

As mulheres organizadoras do arraial resolveram fazer um concurso para a escolha de um homem másculo, que, escolhido, abraçaria uma bananeira que não dava frutos. Garante a sabedoria popular que uma bananeira que não dá frutos, depois de abraçada por um homem másculo, revela para as moças e os rapazes interessados os nomes de seus futuros esposos e esposas.

Sem ser candidato, foi o eleito pelas mulheres, moças e meninas participantes da festa. Levou um susto e, pela primeira vez, foi chamado de homem másculo. Não entendia direito a necessidade do adjetivo. Assumiu, então, o papel de homem que deveria abraçar a tal bananeira. Foi um abraço apertado o que executou, conforme o ritual preparado pelas mulheres. Após o abraço, as moças e alguns rapazes enterraram, cada um, uma faca virgem na bananeira. Isso na véspera da noite de São João, 23 para 24 de junho; pela manhã, o tanino registraria nas lâminas os nomes do futuro marido ou mulher de cada um dos que se candidataram a tal descoberta. Na manhã seguinte à do ritual, recebera os abraços dos que ficaram contentes e satisfeitos com a resposta que obtiveram. Foi considerado, assim, um homem másculo que dava sorte.

Por causa dessa crença, passou a se considerar e a ser visto como homem. Percebera logo que isso não bastava, era só uma brincadeira; ser homem iria exigir muito mais esforços. Ou bastava? Seria tão simples assim?

*

Resolveu montar uma indústria caseira de farinha de banana. Bananas-da-terra. Aprendera com sua avó a produzi-la e descobrira que era excelente para mingaus, bolos, tortas, biscoitos e cremes.

Comprava as bananas ainda verdes de um fornecedor que trazia em casa, e dedicava seu dia às tarefas de descascá-las, fatiá-las e secá-las ao sol sobre folhas de zinco. As rodelas secas, iniciava o processo de moê-las manualmente num moinho apropriado, adaptado com peças de um moinho de carne antigo que a avó lhe dera. Depois, embalava a farinha em sacos plásticos de um quilo e distribuía em alguns pontos de venda da cidade.

Também preparava amostras de doces, biscoitos, bolos, vitaminas, cremes e mingaus com a farinha de banana para melhor seduzir os fregueses. O sucesso da venda foi absoluto. Recebia mais encomendas do que suportava sua capacidade de produção. Rodou, no mimeógrafo de seu avô, selos com informações sobre as características nutritivas da banana e as qualidades da farinha.

Ainda reproduzira no mesmo mimeógrafo algumas receitas, que oferecia aos compradores. Enfim, uma indústria caseira, organizada no porão de casa apenas com a vontade e força de trabalho. Fazia tudo sozinho, e o lucro era compensador. Senhoras e senhores adquiriam a farinha para os pratos de lanche em suas casas, para os netos e também para os adultos, que aprovavam o sabor do produto com intensos elogios.

Um dia, apareceram lá uns fiscais da prefeitura procurando os documentos, as licenças, o alvará, o registro de patente, etc. Explicou que a indústria era amadora, funcionando em caráter experimental e que ele já estava pensando em providenciar a documentação. Os argumentos só complicaram ainda mais a situação. Os fiscais lavraram uma multa e confiscaram todo o material de sua indústria de farinha de bananas, iniciativa que vinha proporcionando imenso prazer e ganhos gratificantes para seus esforços.

Na saída, com uma perua lotada dos materiais e equipamentos, os fiscais revelaram que a presença deles foi consequência de uma denúncia. Andou especulando sobre o assunto, mas nada descobriu. Fato é que se encontrava novamente sem trabalho e estudando à noite no curso de técnico em contabilidade. O que mais doeu foi não ter podido recuperar o moinho que a avó lhe dera e os acessórios que inventivamente agregara.

*

Não conhece seus vizinhos. Mora agora num prédio de 12 andares com quatro apartamentos em cada um. São 48 núcleos familiares. 48 ambientes diferentes com distintas ambiências afetivas. São tantas histórias parecidas e tão diferentes. Curtas histórias, longas e compridas narrativas, breves vivências, muitas convivências. Janelas forradas, janelas com cortinas, portas sempre fechadas. Olhos mágicos são 48, os olhares são 96, são 192, são 384, são 768, são 1536, são...

Músicas e cantos ouvem-se muitos; barulhos das descargas também. Nas cozinhas, o chiado das panelas de pressão. Nos elevadores, que são dois, as pessoas sobem e descem. Não há silêncio; há mutismo. Os boatos escorrem ao longo dos corredores e chegam na portaria. As crianças, criançando. Os velhos, velhando. Os homens e as mulheres atropelando. O cumprimento é apenas possível. O olhar é baixo. O sorriso, econômico. Os meninos com bolas, as meninas com bonecas. Os homens guardam os carros, as mulheres esperam. Os velhos cochicham. Os empregados limpam e reclamam.

Mora no nono andar. Nove lances de escadas. Mora em cima, mora embaixo, mora do lado; mora dentro de uma janela aberta.

*

Acorda muito cedo. Gosta de fazer suas leituras preferidas pela manhã cedinho. Acorda, faz o café e fica lendo os textos que escolhe para conhecer. Sente-se mais disposto e apreende melhor essas leituras. Na alvorada, o silêncio é permitido, e se percebe melhor o mundo. É prazeroso amanhecer com os livros.

Os vizinhos do lado também acordam cedo. Madrugam em discórdias, brigam muito, insultam-se. Gritam. Ouve-os através das paredes; o silêncio permite. Estranhando essa relação das manhãs de seus vizinhos, prestou atenção e verificou que, lá pelas sete horas, o vizinho homem abre a porta e grita para dentro:

— Tchau, benzinho! – e sai para o trabalho. Nunca ouviu a resposta da vizinha mulher para essa despedida do homem.

Fica pensando sobre esse "benzinho". Então é assim, briga e depois "tchau, benzinho"?... Essa palavra é pronunciada de forma ambígua, dúbia. Hipócrita? Ou ele é que a lê assim?

'Benzinho', de querer muito, querer grande, 'benzãozão'. Tão bem querer, tão querer bem, que se torna benzinho. Bem perto, bem querido. Bem de coração. Seus vizinhos são benzinhos.

— Tchau, benzinho!

*

João Félix, colega de turma na escola, era um bom jogador de xadrez. Conquistava quase todas as competições promovidas pela Casa do Estudante. Chico admirava sua habilidade em mover as pedras nos tabuleiros. Um dia ele o convidou para algumas aulas de xadrez que daria a um grupo de amigos ali mesmo, na sala de jogos da Casa. Passou, então, a frequentar as aulas e as dependências da sede daquela entidade que representava os estudantes.

As aulas com João eram estimulantes, ele exigia concentração. Ficavam de duas a três horas, três vezes por semana, concentrados e exercitando o raciocínio com o olhar firme nas peças e nos tabuleiros. Entusiasmado, passou a nutrir amizade por esse colega, improvisado professor de xadrez, com quem conversava horas a fio sobre vários assuntos.

Com a frequência assídua à sede da Casa do Estudante, conhecera as atividades da diretoria e passou a participar de algumas reuniões e até mesmo a emitir opiniões sobre as questões em pauta, com bastante desembaraço e desenvoltura, para surpresa de todos. Devido a essas intervenções e à firmeza de opiniões, fora convidado a integrar, como secretário, uma das chapas concorrentes às eleições da nova diretoria. Topara; estava desempregado ou, melhor, sem nenhum estágio, apenas estudando contabilidade à noite e, portanto, com disponibilidade, além de seduzido pela nova atividade.

A chapa, então, venceu as eleições, e ele assumiu a função de secretário diretor do movimento estudantil, sediado na Casa. Expedia as carteiras dos colegas, elaborava as atas das reuniões, coordenava algumas delas e alguns debates, formulava documentos sobre as reivindicações estudantis, entre outras tarefas. De súbito, viu-se ocupado e bastante comprometido com as causas do movimento.

Com a concordância de toda a diretoria, conseguira com alguns comerciantes patrocínio para um programa de rádio destinado a divulgar as questões estudantis, bem como oferecer informações culturais e artísticas aos estudantes. Com os recursos dos patrocinadores, comprara uma hora semanal em uma das rádios locais e iniciara a produção de apresentação do programa, depois de aprovadas em assembleia as ideias, o formato e os serviços que ofereceriam.

Junto com alguns colegas, assumiu a coordenação do programa. Conseguira boa audiência, o sucesso do programa era crescente, e o inevitável aconteceu: passara a ser conhecido pela maioria dos colegas estudantes e pelos populares nas ruas. Desenvolvia uma dinâmica de entrevistas, músicas, notícias culturais, apresentação de escritores, poetas, contadores de histórias, principalmente estudantes e professores, e ainda esclarecia questões conteudísticas das ações desempenhadas pela diretoria do movimento estudantil.

Convidara algumas meninas para produzir e apresentar alguns quadros, e com isso a repercussão se irradiou ainda mais. Os patrocinadores estavam satisfeitos, e até conquistara outros. Um dia, num dos quadros do programa apresentados pelas meninas, falou-se sobre a evolução da participação das mulheres na vida política, cultural e social, e uma das apresentadoras desenvolveu um paralelo sobre o uso de joias pelas mulheres de posses, e citou, como exemplo, as mulheres dos militares, assim, *en passant*, coisa boba, sem necessidade, mas muito esclarecedora e explicitadora das desigualdades sociais e da utilização de privilégios por parte de alguns segmentos daquela sociedade em detrimento de outros.

Na segunda-feira seguinte a esse programa, foi chamado pelo diretor da rádio, e o contrato foi cancelado, encerrando uma das atividades mais prazerosas que tinham sido desenvolvidas no meio estudantil. Tempos depois, soube que alguns militares haviam solicitado ao diretor da rádio uma cópia da fita do programa e alguns esclarecimentos.

A diretoria da Casa dos Estudantes lançou um documento repudiando a censura, mas a repercussão foi quase nenhuma. Esqueceu-se rapidamente do ocorrido, e somente de poucas pessoas recebera solidariedade pela injusta interrupção do programa. Tentara em outra rádio obter um horário para produzir outro programa, mas alegaram "programação fechada para menores e estudantes".

*

Aconselhado pelo embaixador incentivador do teatro estudantil, passara a procurar os livros de dramaturgia para ler. Com pouco dinheiro para comprá-los, fora buscá-los na biblioteca da escola, onde, porém, encontrara apenas uns poucos títulos, dos quais, inclusive, já havia lido todos.

Resolvera procurar uma biblioteca pública. O atendimento era diferenciado daquele a que estava acostumado na biblioteca escolar. Ali era possível ter acesso direto às estantes, sem necessidade de pesquisar as fichinhas e solicitar os títulos escolhidos à bibliotecária. Achara uma maravilha adentrar aquele espaço com muitas estantes cheias de livros, um verdadeiro banquete.

Maravilhado e confuso ao mesmo tempo – porque ainda não havia aprendido a desfrutar dos serviços de uma biblioteca pública –, parou diante de uma estante e se viu chamado pelos livros da terceira prateleira, onde um sinalizador indicava "Literatura, autores russos". Apanhou o primeiro, *Crime e castigo*, de Dostoiévski. Levou-o para casa emprestado por um mês. Aliás, levou também um outro da mesma prateleira: *Contos*, de Gorki – Máximo Gorki.

Diferente do que fora procurar, uma peça da dramaturgia universal, saía de sua primeira visita a uma biblioteca pública com dois livros de autores para ele, ainda assim, desconhecidos, mas um romance e um de contos. Por um mês mergulhou nesses dois livros, o dia inteiro, só saindo de casa às 18 horas para o curso de técnico em contabilidade, e retornando, após as 22 horas, ao convívio dos dois autores russos por intermédio daqueles dois livros grossos, de capas duras e cinzentas rajadas de branco. Apaixonou-se por eles. Durante os 30 dias que tinha para aproveitar aquela companhia, lia e relia várias vezes, inteiros e aos pedaços, e ainda copiara em um caderno algumas passagens dos livros.

Um mês: um tempo curto, um tempo denso, profundo, inquietador e doloroso. Chorava de tanta dor e de tanto prazer nas descobertas de cada página. Foi um tempo que permaneceu, cravou-se, fincou-se. Jamais esquecerá esse tempo de histórias russas que machucaram seu coração e deixaram marcas profundas em seu acervo pessoal e afetivo.

*

A avó de Chico morreu.

Das mãos de suas tias, ele recebeu uma

trouxa contendo retalhos de tecidos, botões, fecho éclair, fitas coloridas, rendas, toalhinhas e mais uma caixa que guardava os apetrechos de costura de sua avó. Era a herança deixada por ela para ser entregue a ele.

Chico pensou, pensou muito. O que fazer com o que tinha herdado dessa mulher? Resolveu então confeccionar pipas com os materiais daquela trouxa. Passou a costurar, bordar e pregar os botões e as fitas no brinquedo voador. Dessa maneira, Chico guarda a memória da avó que tanto amou.

*

Antônia, Regina, Cris e Carmem, Rita e Julia, Vitória e Beatriz, Mariana e Juliana, Joana e Natália, Daniela e Roberta, amigas de Chico, reunidas, constituíram um grupo de leitura. Convidaram o Neto e o Lucas; Guinho e Pedro; Rafael e Raimundo. Ampliaram o grupo e seus objetivos: leitura e a brincadeira de confeccionar e empinar pipas.

Chico se animou. Organizou uma oficina de construção de papagaios. Pipas que contavam histórias. Cada cafifa uma história. Chico e seus amigos liam e brincavam.

Estimulado a expor seus trabalhos artesanais em centros culturais, museus, centros de convivência, escolas, bibliotecas, universidades e outros espaços, as pipas de Chico ganharam voos no gosto dos jovens de todas as idades.

Quanto ao curso de técnico em contabilidade, seus livros-caixa, borrão, fichas de balanço, etc., perdera-se há muito por caminhos que não retornam mais... tempos de passagens... *difícil travessia.*

Entre raízes e asas – o contador de histórias

A avó de barriga, barriguda! Filha dos kaxinawá das margens do rio Jordão da bacia hidrográfica do Alto Juruá, no Acre. Criada nas aldeias até a puberdade. Depois, repassada a uma família portuguesa católica moradora em Rio Branco, também no Acre. Lá, encontrou o avô. Descendente de holandeses protestantes.

Gestação alegre. Festejada. Barriguda! Barriga cheia, grande. De bem querer. Molhava as mãos numa bacia com água e acariciava o barrigão. Com as mãos molhadas e a voz concentrada num canto doce. Alisava, ria e cantava: “vou me banhar numa água tão cristalina, numa água tão bela e fina, que desce lá pra maré...”

O avô a interrompia. Perguntava para que aquelas mãos ensopadas. “Para nascer o bebê com o coração mais tolerante, mais flexível para o amor e para a dor.”

Nasceu seu pai.
Nasceu ele, nasceu o filho.

Ele, o misturado que canta, dança e conta histórias.

Ele, o jovem Chico, que tem andado ultimamente com uma mala cheia de livros – contos e poemas, fábulas, crônicas e contos populares –, lendo e contando histórias. Conta histórias e apresenta os livros, os vídeos e as pipas que confecciona. Faz voar o imaginário de outros jovens, dando voz e escrevendo suas experiências.

Padrinho de várias bibliotecas populares, segue desenvolvendo atividades de práticas leitoras com diferentes grupos, e ainda participa de alguns projetos e programas solidários de formação de leitores.

Leitores de muitos nomes.

Franciscos de fé, de esperanças, de crenças.

Franciscos índios, negros e brancos.

Mestiços.

Brasileiros de 500 anos.

Os misturados Franciscos.

o olhar do
gular no alumbra
a encontrando o olhar
servirá para vários
a se fazer presente, p
meu neto! Sim, vovô
vador de trabalho, h
fiabilidade do diá
piração do outro. Ne
ar do outro, sem
ciso convencê-l
gens revirada
os ajuda
do, dis
no olho
ado, é
corrndo as d
que pe
erece,
de um
de um d
O olh
o olhar é pe
a pausa, o si
explosa
voz co
os, desilusões profundas e achado
ilumin
de pi
poéticos, olho
como um sem

Parte II

Memorial de um contador de histórias

Acervo pessoal

O que, então, daria para escolher? A maneira de compreender a vida, a forma de expressar a afetividade, o jeito de reagir, de se indignar, os procedimentos de escolha e o dizer do coração?

Parecido com meus avoengos

Ora, possivelmente ficaria parecido com meu avô. Com meus avós, os dois. Ou pareceria mais com um só?

Comecei a observar um e outro. Altura, estrutura óssea, formato de rosto, olhos, nariz, sorriso, semblante, pelos do corpo, pernas, pés, mãos, andar e tonalidade de voz. Herdaria também, decerto, alguns traços de minhas avós. "Mas o quê?", pensei. Foi então que me veio a pergunta: com qual deles eu gostaria de ser parecido? É muito difícil respondê-la, não dá para escolher de todo: rosto de um, ombros de outro, pernas de um, braços de outro... é complicada essa reunião. E, no mais, tudo isso já está definido geneticamente, dizem.

Seria esse o caminho? Passei, então, a observar meu pai, o que de meu avô guardara em seus gestos, em suas atitudes... examinava também o comportamento de minha mãe, sua postura física, seu andar, suas reações às provocações de meu pai.

Analisava miudamente os seus dizeres. Achava-os bonitos, todos eles. Belos fisicamente e lindos de expressão. Às vezes, pensava o contrário e chegava mesmo a estranhá-los.

Um dia, durante a aula de educação física na escola, os professores, avaliaram o desempenho de cada um nos exercícios. Sobre mim, comentaram que dificilmente encontraria equilíbrio na vida ou alguma projeção social devido a meus braços: eram longos demais, não combinavam com o restante do corpo, não compunham esteticamente. Eu poderia me considerar um desengonçado.

Reagi imediatamente, pedi para falar e esclareci que o tamanho de meus braços eu herdara de meu avô paterno, que eu estimava muito, e que me envaidecia o fato de ter recolhido essa marca tão significativa de seu físico. Ousei, ali mesmo, oferecer um depoimento sobre como meu avô me acolhia em seus braços e como seu abraço era reconfortante e gostoso. Além do mais, admirava o equilíbrio, a sensatez e a projeção social do meu querido avô. A maioria de meus colegas me apoiou, mas os dois professores riram, duvidando das qualidades de alguém que dispunha de braços muito compridos.

Irritado com eles, desconfiei de que fosse perversidade o fato de me constrangerem perante meus colegas, sobretudo as meninas. Também não deixei por menos: disse ainda que meu avô sempre fora muito charmoso e sedutor, e que eu certamente também o seria. Lembrei-lhes que meu avô conquistara o coração de minha avó, que havia sido eleita Rainha da Primavera. Portanto, meu avô casara com a moça mais bonita da cidade naquela primavera de disputa ferrenha, e eles foram felizes – talvez, ou principalmente, por causa dos fortes abraços de meu avô.

É claro que meus colegas riram muito, mas também ficaram satisfeitos e especialmente vingados os que foram apontados pelos professores como herdeiros de marcas corporais antiestéticas.

Certa vez conversei sobre isso com meu avô, que achou graça e se disse orgulhoso de mim. Conseguir seu depoimento sobre sua satisfação em relação à minha atitude foi um presente que ganhei. Vovô pacientemente me explicou a formação de nossos corpos e a importância de os conhecermos para assumir melhor nossos gestos, nossos movimentos, nossos tamanhos e também nossos corações. Me contou também que guardamos a memória física de nossos antepassados para poder lembrá-los e amá-los. E que temos que cuidar do corpo para deixar a saúde como herança para as próximas gerações. Esse avô, sempre pensando no futuro!

Hoje, mostro meus braços inteiros, minhas mãos... ofereço-os para o abraço, para o carinho, para o trabalho. E busco, dentro do possível, o equilíbrio para discernir modestamente meu papel social. Tenho recebido generosas respostas às minhas intenções e aos meus desejos, e estou cada vez mais parecido com o meu avô, melhor falando, com meus avoengos, gente como eu, contadora de histórias.

ecolhem a preferência, e traem o sufocado, dissolvem o velado, desen opem o ajustado, desarr
o vivido, é tornar possíve é possibilitar o percurso e os atalhos, é este der o plausível a extrem
contar no encontro, no o har receptor e indagador. Gosto de narrar com os olhos percorrendo as dúv
ferece, que flexibiliza a ce teza. Dizer-me e saber do outro na simultaneidade da revelação de um con
é perceber a diferença, é esconfiar para processar e discernir o que guar ar. É necessário sentir o vá
sencontros, desilusões pro undas e achados iluminados. Olhando o olhar do outro, ouvindo o que v
ndignação do injusto, na a roximação das paixões. Só posso contar um história encontrando o o
rios momentos da sua vi para contar histórias, para discursar, para iderar, para se defender,
ção, meu neto! Sim, vo prestar! PS: Tenho guardado esse depoi ento numa fita K-7 grava
O olhar estabelecendo bilidade do diálogo. O olhar do outro é o limento solidário para eu
uave, convidativo, depo u olhar no olhar do outro, sem pressa d retirá-lo, permanecendo
unciadas por mim, as dê a elas sentido, produzindo imagens eviradas em seus baús, e
s dos guardados do co apoiam a escolha, recolhem a preferência extraem o sufocado, dis
ho do outro é sublinh , é destampar o vivido, é tornar possí el, é possibilitar o percur
o não experimenta ver.Eu preciso contar no encontro, no lhar receptor e indagador
e desvendam, num pede, que oferece, que flexibiliza a rteza. Dizer-me e saber d
ajustados, sintoni s. Olhar o olhar é perceber a diferen a, é desconfiar para proc
ando horizont bras de desencontros, desilusões rofundas e achados ilum
emelhante sing belo, na indignação do injusto na aproximação das paix
ste atenção ni para vários momentos da sua vida: para contar história
m que encont atenção, meu neto! Sim, vov vou prestar! PS: Tenho g
recisa encont olho. O olhar estabelecendo a onfiabilidade do diálogo.
o olhar, do olh Pouso suave, convidativo, depos o meu olhar no olhar do
vencê-lo, preci s pronunciadas por mim, as junt e dê a elas sentido, prod
vir. Os olhos ajuda significados dos guardados do coração, apoiam a escolha, reco
rdenar o belo e o desaper ebido. Olhar no olho do outro é sublinhar o narrado, é destampar o vi
cobertas, é romper o conformado, é desejar o não experimentado ar de ver.Eu preciso co
narrando, dando voz às palavras para olhos que desvendam, numa de que pede, que ofere
sfecho. O olhar é o convite para o ver juntos, ajustados, sintonizados ados. Olhar o olhar é pe
ncio e a explosão. A voz com o olhar, partilhando horizontes em do sombras de desenc
ios de pisos poéticos, olho-me como um semelhante singular no alu do belo, na indigna
poder repercutir, tomar dimensão. – Preste atenção nisso, meu n para vários mor
onquistar e para se pôr com distinção, tem que encontrar o ol atenção, me
dor de trabalho, há muito tempo. O olho precisa encontrar o lho. O olhar e
ontrando a respiração do outro. Necessito do olhar, do olho meu suave, co
avras que vou pronunciando. Não preciso convencê-lo, pre ouça as onuncia
ar ajuda a dizer e, principalmente, ajuda a ouvir. Os olhos a dos gua
o ajustado, desarrumam para enxergar e ordenar o belo lho do
o plausível a extremos tensionadores de descobertas, é ro o não
s percorrendo as dúvidas do olhar do outro. Vou narrando, dan que desve
revelação de um conflito, de um afeto, de um desfecho. O olha tos, ajusta
ar. É necessário sentir o vácuo do olhar, a pausa, o silêncio e a explo olhar, partilhan
do outro, ouvindo o que vou desvelando, em territórios de pisos poéticos, olho-me como um seme
istória encontrando o olhar do outro, para minha voz poder repercutir, tomar dimensão. – Preste a
rar, para se defender, para se fazer presente, para conquistar e para se pôr com distinção, tem
ento numa fita K-7 gravada por meu avô em seu gravador de trabalho, há muito tempo. O olho
limento solidário para eu me pôr diante, de frente, encontrando a respiração do outro. Necessito d
tirá-lo, permanecendo, dizendo-me sobre as palavras que vou pronunciando. Não preciso conve
em seus baús, em seus acervos pessoais. O olhar ajuda a dizer e, principalmente, ajuda a ouvir. O
o sufocado, dissolvem o velado, desentopem o ajustado, desarrumam para enxergar e ordenar
ossibilitar o percurso e os atalhos, é estender o plausível a extremos tensionadores de descobe
eceptor e indagador. Gosto de narrar com os olhos percorrendo as dúvidas do olhar do outro. Vou na
a. Dizer-me e saber do outro na simultaneidade da revelação de um conflito, de um afeto, de um desfe
sconfiar para processar e discernir o que guardar. É necessário sentir o vácuo do olhar, a pausa, o silê
fundas e achados iluminados. Olhando o olhar do outro, ouvindo o que vou desvelando, em territó
roximação das paixões. Só posso contar uma história encontrando o olhar do outro, para minha voz
ara contar histórias, para discursar, para liderar, para se defender, para se fazer presente, para c
prestar! PS: Tenho guardado esse depoimento numa fita K-7 gravada por meu avô em seu grava
abilidade do diálogo. O olhar do outro é o alimento solidário para eu me pôr diante, de frente, enc
meu olhar no olhar do outro, sem pressa de retirá-lo, permanecendo, dizendo-me sobre as palav
a elas sentido, produzindo imagens reviradas em seus baús, em seus acervos pessoais. O olhar
iam a escolha, recolhem a preferência, extraem o sufocado, dissolvem o velado, desentopem o
do, é destampar o vivido, é tornar possível, é possibilitar o percurso e os atalhos, é estender o pl
e ver.Eu preciso contar no encontro, no olhar receptor e indagador. Gosto de narrar com os olhos per
e que pede, que oferece, que flexibiliza a certeza. Dizer-me e saber do outro na simultaneidade da rev

Avô + Avó = A Voz

Avô Pedro era funcionário público federal da antiga guarda territorial e prestou seus serviços no extinto Correio Aéreo Nacional – CAN. Trabalhou 35 anos viajando por este Brasil.

Avó Maria era professora; professora primária do Ministério da Educação e Cultura – MEC. Trabalhou 25 anos em sala de aula, ensinando meninos e meninas.

Os dois estão aposentados. Sempre foram contadores de histórias em casa, para os sete filhos e dezessete netos. Ainda não têm bisnetos.

Apresento aqui algumas anotações registradas em um caderno – guardados do coração – que revelam os ambientes de aprendizagem e as ambiências afetivas onde nós, os netos, tanto desfrutamos da paciência, da tolerância e da generosidade de nossos avós, apreendendo o mundo nos atributos éticos e morais das histórias ancoradas por eles. Os enredos que contavam vinham encharcados de delírios, de imagens poéticas, de palavras achadas e guardadas em seu coração, que, às vezes, chamavam de baú. Eles as recolhiam com o olhar, com o ouvir, com o cheirar, com o degustar, enfim, com o sentir.

Trago também a história de terem, depois de aposentados, os dois, avô e avó, decidido contar histórias para mais pessoas, constituído um grupo de contadores de histórias, lembrando a vocês o que escreveu o poeta gaúcho Mário Quintana: "mentiras são verdades que se esqueceram de acontecer". É sempre bom lembrar ainda que "quem conta um conto aumenta um ponto"...

O grupo conta histórias em todo espaço social possível de reunir pessoas interessadas: velhos, jovens, adultos e crianças. Já contaram em canteiros de obras para operários, em centros comunitários, em livrarias, em museus, em centros de convivência de idosos e jovens, em bibliotecas, em escolas públicas e particulares, em centros paroquiais, em quartéis, em festas de aniversário, em programas de rádio, em reuniões de condomínio, em enfermarias, em penitenciárias, em empresas. Contam também em varandas ou salas das casas, em terreiros de centros religiosos e em quadras de escola de samba. Contam nas ruas, em praças, parques, em palanques e coretos. Enfim, contam em muitos espaços. Preferem contar sem microfone, a voz e o olhar ali pertinho, mas, se necessário for, também usam os tais aparelhos.

A programação, os próprios integrantes do grupo providenciam. Selecionam as histórias conforme o público, ordenando-as com um fio condutor a fim de sempre apresentar sessões interessantes, instigantes, dinâmicas, com coloridos de ritmos, temas, abordagem e tempos exatos para deixar nos ouvintes das diferentes plateias o gostinho de "quero mais". O repertório, eclético e plural, é formado por histórias de que gostam muito.

Vovô e vovó só contam histórias que os comovem, histórias que lhes dão prazer, as que seus corações escolheram. Contam de cor, de coração. Sentados ou de pé, parados ou em movimento, contam com o corpo inteiro, com gestos e sonoridade de voz que reúnem, que convidam para o abraço. Celebram as histórias criando clímax, pausas, dando volume às palavras, sublinhando passagens, produzindo imagens deslumbrantes ao projetarem o corpo e a voz de forma cativante, e, olhando nos olhos dos ouvintes, vão formando uma corrente de cumplicidade e de diálogos. As sessões de contação de histórias são extremamente delicadas e movedoras.

São contos populares, lendas, fábulas, mitos, romances, poemas, crônicas e contos autorais; histórias fantásticas, de terror e de assombração; histórias de encantamento, de fadas e bruxas, príncipes e princesas; e histórias de ensinamentos. Conta ainda cartas, fragmentos de ensaios e histórias de aventuras, e tem um repertório especial sobre ritos de passagem, reunindo histórias de nascimentos, de batizados, da infância, da puberdade, dos casamentos, da maturidade e da morte. Repertório sensível que alegra os corações.

Cada integrante desenvolve seu próprio estilo, seu jeito, sua melhor maneira de narrar uma história. No grupo não há amarras, preconceitos, restrições. Há, entretanto, extremo cuidado com a estética, com a arte de contar um enredo. Ninguém tenta imitar ninguém, há respeito pelo jeito de o outro organizar a história, trabalhá-la e dizê-la. As observações são feitas nos ensaios e sempre vistas como construtivas.

O processo de memorização das histórias é simples e trabalhoso. Leem as histórias que escolhem umas 88, 173, 264, 316 ou até mil vezes. É a forma mais praticada de se tomar posse de uma história, interiorizá-la, guardá-la no coração, de cor. Minha avó e meu avô também escrevem as histórias várias vezes durante os ensaios. Dizem que ajuda a engravidá-las de imagens, de sentido, de significado, para serem pronunciadas mais cheias, redondas, com referências pessoais, afetivas e sociais. "Uma das formas de desautomatizá-las é procurar dizê-las conforme o coração deseja, fazê-las brotarem, inaugurais, e nos tornar coautores dos textos contados", aconselhava vovô.

As histórias populares são recolhidas ouvindo os familiares, os mais antigos, os trabalhadores de feiras e mercados, caminhoneiros e viajantes; pescadores, escrivães, seringueiros; lavadeiras e empregadas domésticas; porteiros de prédios, vaqueiros, trabalhadores rurais, artesãos; brincantes de folguedos; padres; poetas de cordel; cantadores e violeiros, velhas rezadeiras. E, ainda, pesquisando nas bibliotecas populares e especializadas. Alguns pesquisam as músicas do cancioneiro popular e as entremeiam nas histórias.

Escolhem uma das versões encontradas ou a reescrevem, imprimindo discurso próprio, singular, retrabalhando com conhecimentos os valores e as ideologias agregados pelo povo em diferentes épocas, vinculando às histórias determinados interesses e filosofias, sempre respeitando, entretanto, a espinha dorsal do enredo e os arquétipos dos personagens.

Oferecer uma versão própria é sempre um delírio da imaginação, e o contador de histórias é, necessariamente, um pesquisador, um estudioso das narrativas – assim afirmavam vovô e vovó. Podemos falar de coisas imaginadas, desejadas, sonhadas e ficcionadas com arte, com muito afeto. O afeto é seletivo, e o que seleciona recupera as emoções da indignação, da alegria, do ódio e da felicidade...

Quando os contos são muito longos, pode-se estudar um recorte, desde que não descaracterize o discurso do autor. É um trabalho delicado que carece de muita intimidade com a obra e com a história que se quer contar. Ao final de cada história, são anunciadas as informações da publicação e onde é possível encontrar aquele acervo.

Vovô e vovó participam de todo esse movimento com muita energia e cientes de sua função de contadores de histórias contemporâneos. Reconhecem seu papel político numa época de grande apelo das imagens, das engenhocas eletrônicas e do poder da mídia.

São, assim, sujeitos de um tempo em que as pessoas ainda precisam se agregar, se encontrar, se ouvir, trocar emoções, chorar junto, compartilhar a indignação, partilhar suas leituras e suas vivências; ainda, e muito, precisam desvendar mistérios e criar novas e inquietantes indagações, necessárias trocas para a continuidade humana.

Meu avô + minha avó = meus avós têm esperanças nos jovens e acreditam no Brasil. São gente contadora de histórias.

Coração que recolhe

"Eu sou bruxa e também sou fada." Isso minha avó disse para nós, os netos.

Na cozinha, fazendo pirulitos e balas, com as mãos sempre em função, vovó ia narrando as histórias de bruxas malvadas, perversas, cruéis; e também de fadas bondosas, gentis, generosas. As bruxas eram feias, narigudas, enrugadas, de orelhas grandes, olhos abotica-dos e, às vezes, usavam óculos. As fadas eram jovens, bonitas, de pele lisinha e olhar encantador. Em algumas ocasiões, tínhamos muito medo das bruxas, tremíamos e suávamos: vovó caprichava nas maldades das velhas diabólicas. Das fadas, vovó exaltava a beleza de gestos, a delicadeza ao ajudar as pessoas. Chegávamos a soluçar, comovidos com essas imagens tão meigas, repletas de virtudes.

Tendo a cozinha sempre cheia de netos e meninos da vizinhança, vovó gostava de nos contar essas histórias, e, entre um pirulito e outro, com sabor de tamarindo e pitanga, delirava descrevendo as atitudes de mulheres tão opostas e fascinantes:

— Eu sou a bruxa e sou a fada. Convivem em mim a feiura e a beleza, a maldade e a bondade... Basta eu querer, que posso acionar dentro de mim essas duas entidades, e às vezes, por descuido, elas aparecem em mim sem minha permissão, sem meu consentimento.

Ela falava como se pedisse alguma desculpa. Vovó era de fato generosa e acolhedora, mas também muito braba, parecida com uma fera, dependendo da situação. Disso tomamos conhecimento presenciando-a na cozinha, suas mãos desenhando aqueles pirulitos e guardando-os escondidos de nós.

Contou-nos vovó que antigamente as famílias moravam juntas, como uma comunidade: homens, mulheres, velhos e crianças, e todos conviviam ora em harmonia, ora às turras.

As mulheres e os homens cuidavam das crianças, independentemente de serem seus filhos. As histórias eram contadas numa roda em volta de uma fogueira para aquecê-los do frio, e ali ficavam - velhos, jovens, crianças e adultos - juntos, participando, comentando, opinando sobre as histórias.

Nessa época, as mulheres mais velhas da comunidade, por serem as mais experientes e, por isso, consideradas as mais sábias, exerciam o papel de conselheiras. Detendo a sabedoria do bem e do mal, exerciam, com rara astúcia, a perversidade de semear o veneno da discórdia; mas também sugeriam soluções para questões diversas e encaminhavam engenhosas ações pacificadoras.

Até que, um dia, os homens começaram a viajar em grupos na intenção de cambiar mercadorias, tornando-se mercadores. Mais ainda, foram se tornando também aventureiros, caçadores de riquezas. Quando retornavam dessas viagens e aventuras trazendo alguma riqueza material, além, é claro, da riqueza das histórias que tinham vivido e presenciado, esses homens pagavam tributos aos reis e senhores das terras, e ainda ficavam com quantidades que os tornavam ricos, o que lhes permitia adquirir terrenos.

Começaram a construir casas de modelos diferentes para a época, reunindo as famílias e dando início a um novo tipo de organização comercial, econômica e social, posto que não eram nem senhores, nem plebeus. As casas passaram a ser construídas para acoplar comércio e armazenamento de produtos no primeiro piso, e, no segundo, a moradia das famílias. Embaixo, os homens comercializando, em cima, as mulheres cuidando dos filhos.

Desse modo, as mulheres mães ganharam um novo status, o de zeladoras dos herdeiros, deixando de cuidar de qualquer criança da comunidade para cuidar somente dos próprios filhos, que receberiam as riquezas acumuladas pelos pais. Com essa nova função social, foram promovidas a fadas bondosas e zelosas, às quais as crianças deviam prestar obediência para poder crescer como os novos ricos burgueses.

As velhas, então, foram relegadas à categoria de bruxas, aquelas que traziam dúvidas, a partir da sapiência acumulada pelas experiências de seus antepassados e por suas vivências, sendo consideradas nocivas ao novo modelo social.

Foi assim que tentaram separar, nas mulheres, o bem e o mal, repetia minha avó, segura de sua história. As mulheres jovens, bonitas, inocentes, ingênuas e boazinhas transformaram-se em fadas para combater a sabedoria, os conhecimentos, a sagacidade, a astúcia das mulheres velhas, de nariz e orelhas graúdas, como marcas de um corpo muito antigo, de longa idade.

Minha avó encerrou a história oferecendo os pirulitos enroladinhos em papel celofane colorido, recomendando que observássemos nossas mães e verificássemos os momentos de bruxa e os momentos de fada. Que as acompanhássemos, flagrando-as extremamente perversas e profundamente bondosas. Ela, vovó, já se declarava bruxa fervorosa e fada intencionalmente ingênua.

Chupando os pirulitos, permanecemos por um tempo em silêncio até nos aprumar por dentro, porque, quando a avó contava essas histórias, nos sentíamos desarrumados e mexidos no coração. Depois, queríamos saber se as meninas também eram bruxas e fadas ao mesmo tempo. E os homens, os meninos, também? Vovó contava cada história perturbadora, que permaneceram para sempre dentro da gente!

O coração parece o tempo, guarda quase tudo. Recolhe.

oções. Quando os finais eram felizes, lá estava ela, choramingando; qu
romances terminavam em separação, vovó também choramingava. Dizia
o exagerava de todo para permitir que nós também chorássemos. Não p
orar por nós, explicava. Por isso choramingava apenas e, emocionando o
tes, geralmente netos e meninos vizinhos, levava-os a choramingarem ju
guardasse a emoção só para ela, só assistiríamos, distanciados, sem nos
nar com as narrativas, e não nos comoveríamos. Aí não teria graça. Vovó
distribuía na história as emoções necessárias para que os ouvintes tam
rticipassem. Não eram histórias paralisadoras, mas movedoras, comoved
ha a mesma capacidade também quando lia um conto, uma poesia ou
ônica. Depois de cada história lida ou contada por vovó, nos sentíamos m
s a perguntar, duvidar, pensar e agir. Compartilhava suas emoções nas
e nas contações quase como ofício, permitindo que o outro participasse
eiro, se emocionando e refletindo com as tramas.Um dia vovó explicou-
rgimento da personagem madrasta nas histórias.Retomando as insinuaçõ
tória, contava que as mulheres, para conquistarem somente para si o amo
enção de seus filhos, herdeiros da fortuna da família, criavam histórias so
ra, as outras de seus homens, e as contavam a seus filhos, dizendo: "no i
o papinhas de mel, depois, papinhas de fel." E, ainda, foram substituindo a
nagem da mãe que se revelava, em algumas histórias, em atitudes mald
a personagem da outra, chamada, assim, de madrasta. Esclarecia, entret
e nem todas as madrastas eram más. Existiram madrastas muito boas até
e pouco apareciam nas histórias, assim como algumas personagens de m
versas, também de pouca presença nas narrativas fundamentais. Tudo
agravou a partir do surgimento da burguesia, dizia vovó. Pedia, então,
virmos as histórias sem o conceito já estabelecido e percebermos os va
ológicos agregados por quem contava ou escrevia. Exercitar a escolha, a
nfiança e a desobediência era necessário. Ouvir a opinião dos outros e pro
a do próprio ponto de vista, não para impor ou tentar convencer alguém,
a cambiar o raciocínio, a crítica, o gosto. **Conferir estética. *"Discernimento,***
tos, discernimento." Talvez por isso ela gostasse de contar histórias de princ
ríncipes apaixonados, namoros os mais loucos, paixões arrasadoras. Vovó
onomizava nas emoções. Quando os finais eram felizes, lá estava ela, chora
ndo; quando os romances terminavam em separação, vovó também choram
Dizia que não exagerava de todo para permitir que nós também chorásse
o podia chorar por nós, explicava. Por isso choramingava apenas e, emocio
os ouvintes, geralmente netos e meninos vizinhos, levava-os a choraming
to. Se guardasse a emoção só para ela, só assistiríamos, distanciados, sem
ocionar com as narrativas, e não nos comoveríamos. Aí não teria graça. Vovó
distribuía na história as emoções necessárias para que os ouvintes també
passem. Não eram histórias paralisadoras, mas movedoras, comovedoras. Ti
sma capacidade também quando lia um conto, uma poesia ou uma crônica. De
cada história lida ou contada por vovó, nos sentíamos movidos a perguntar, du
nsar e agir. Compartilhava suas emoções nas leituras e nas contações quase c
cio, permitindo que o outro participasse por inteiro, se emocionando e refle
n as tramas.Um dia vovó explicou-nos o surgimento da personagem madrast
tórias.Retomando as insinuações na história, contava que as mulheres, para
starem somente para si o amor e a atenção de seus filhos, herdeiros da for
família, criavam histórias sobre a outra, as outras de seus homens, e as conta
eus filhos, dizendo: "no início dão papinhas de mel, depois, papinhas de fe
da, foram substituindo a personagem da mãe que se revelava, em algumas h
s, em atitudes maldosas pela personagem da outra, chamada, assim, de madr

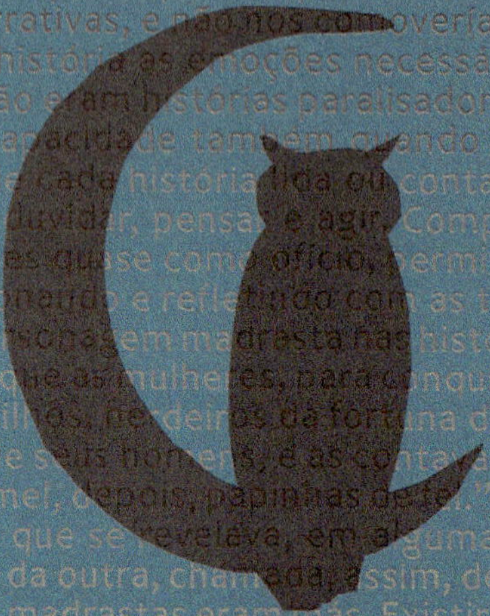

Apurar o gosto

"Namorar é tão bom!", dizia minha avó que, quando jovem, tivera fama de namoradeira. Conhecera meu avô ao ser coroada Rainha da Primavera e, desde então, o namorava. Era o que afirmava.

Uma coisa interessante na avó era o quanto ela estimulava os netos a namorar, tanto os meninos quanto as meninas. "Namorem, namorem! O coração precisa. Namorar traz saúde!", confirmava vovó, toda matreira. Talvez por isso ela gostasse de contar histórias de princesas e príncipes apaixonados, namoros os mais loucos, paixões arrasadoras. Vovó não economizava nas emoções. Quando os finais eram felizes, lá estava ela, choramingando; quando os romances terminavam em separação, vovó também choramingava. Dizia que não exagerava de todo para permitir que nós também chorássemos. Não podia chorar por nós, explicava. Por isso choramingava apenas e, emocionando os ouvintes, geralmente netos e meninos vizinhos, levava-os a choramingarem junto. Se guardasse a emoção só para ela, só assistiríamos, distanciados, sem nos emocionar com as narrativas, e não nos comoveríamos. Aí não teria graça.

Vovó, vivida, distribuía na história as emoções necessárias para que os ouvintes também participassem. Não eram histórias paralisadoras, mas movedoras, comovedoras. Tinha a mesma capacidade também quando lia um conto, uma poesia ou uma crônica. Depois de cada história lida ou contada por vovó, nos sentíamos movidos a perguntar, duvidar, pensar e agir. Compartilhava suas emoções nas leituras e nas contações quase como ofício, permitindo que o outro participasse por inteiro, se emocionando e refletindo com as tramas.

Um dia vovó nos explicou o surgimento da personagem madrasta nas histórias. Retomando as insinuações no enredo, contava que as mulheres, para conquistarem somente para si o amor e a atenção de seus filhos, herdeiros da fortuna da família, criavam histórias sobre a outra, as outras de seus homens, e as contavam a seus filhos, dizendo: "no início dão papinhas de mel, depois, papinhas de fel." E, ainda, foram substituindo a personagem da mãe que se revelava, em algumas histórias, em atitudes maldosas pela personagem da outra, chamada, assim, de madrasta.

Esclarecia, entretanto, que nem todas as madrastas eram más. Existiram madrastas muito boas até, mas que pouco apareciam nas histórias, assim como algumas personagens de mães perversas, também de pouca presença nas narrativas fundamentais. Tudo isso se agravou a partir do surgimento da burguesia, dizia vovó.

Pedia, então, para ouvirmos as histórias sem o conceito já estabelecido e percebermos os valores ideológicos agregados por quem contava ou escrevia. Exercitar a escolha, a desconfiança e a desobediência era necessário. Ouvir a opinião dos outros e produzir uma do próprio ponto de vista, não para impor ou tentar convencer alguém, mas para cambiar o raciocínio, a crítica, o gosto.

Apurar o belo. Conferir estética. "Discernimento, meus netos, discernimento."

estabelece
nte, de frente, encontrando
vidativo deposito meu olhar no o
as que v
não precis
dê a
imagen
a ouvir. Os
extraem o suf
Olhar o olh
o percurso e
atalhos, é est
ado,
seja
não exp
mentado, é c
de n
com o
lhos p
orrendo as d
dade que pede,
um conflito, de um af
lhar o olhar é percebe
cessár
ntir o v
o olhar, a p
usa, o silên
uras, som
ras de desencontros, de
usões profu
desvelando, em territórios de
os poéticos, ol
ão do injusto, na apro
mação das pai
r dimensão. —
, para discurso
ção, tem que en

Desar-amar

Um dia, avô e avó foram fazer uma apresentação numa escola particular de um bairro da zona sul do Rio de Janeiro. Coincidiu de as autoridades policiais realizarem, nesse dia, uma *blitz* na porta do colégio que atendia alunos do antigo segundo grau. Vovô e vovó me disseram que viram com os próprios olhos os policiais recolherem armas, de diferentes materiais e mecanismos de funcionamento, incluindo armas de fogo, das mochilas de alguns alunos. Dos alunos revistados, aproximadamente 30% estava armado. Meninos e também meninas de 14, 15, 16, 17 anos armados! Meus avós ficaram perplexos!

Procuraram, então, conversar com esses jovens sobre essa questão e souberam que, em muitas casas, os próprios pais estimulavam e até os presenteavam com armas: pistolas, canivetes, beretas automáticas e muitas outras. Meu avô perguntou aos jovens se, de fato, eles precisavam dessas armas. A maioria respondeu que sim. Armavam-se para se defender. Vovó, então, perguntou:

— Defender-se de quê? De quem?

— Dos ladrões, assaltantes...

E o que eles roubariam? — vovó insistiu.

— Ah! Nossos relógios, nossos tênis, mochilas, carteiras...

— E vale a pena atirar ou furar alguém para defender a posse de um tênis, de um relógio? – ela não se deu por vencida. Vale a pena correr o risco de também ser ferido?

Com essas perguntas, vovó gerou uma discussão que reuniu um grupo grande de jovens, uns defendendo o armamento, outros, o desarmamento. O debate foi longo e acirrado, e vovô e vovó foram acusados pelos diretores do colégio de tumultuadores. Foram, por isso, convidados a se retirar e a sessão de histórias, cancelada.

Volume de dentro

Achava interessante a incessante preocupação de meu avô em me envolver em suas investigações sobre volume. De umas folhas de compensado, ele construiu um cubo de 30cm, pintou-o de preto, arranjou um cantinho na varanda para colocá-lo e nele punha objetos de vários tamanhos, cores, desenhos e contornos, reunidos ou isolados.

Arrumava-os em pacotes, fardos, feixes e embrulhos disformes. Punha os maços uns sobre os outros, girava, desarrumava, tudo isso para o nosso exercício de olhar – apreender os volumes pelo olhar, entendê-los, recolhê-los, para encher as palavras de volume.

Minha avó participava das brincadeiras expondo travessas de bolinhos, doces, salgadinhos de diferentes formatos. Olhávamos e saboreávamos as especiarias trançadas pelas mãos sábias de vovó, que, além de volumes, ofereciam também conteúdos.

Um dia meu avô conseguiu um espelho grande, pôs uma moldura e fincou-o em cima do cubo. Víamos no espelho nossas imagens refletidas de forma frontal e lateral, e vovô chamava a atenção para a sensação das imagens chapadas, com pouco volume. Retirava o espelho, nos punha em cima do cubo, e pedia que nos olhássemos, nos víssemos com volume, contorno e expressão, ocupando um espaço físico compacto, sólido, flexível e em movimento.

Descobríamos nossos tamanhos, nossa massa ocupando um espaço, e aprendíamos que "tudo tem volume", dizia meu avô. Assim, as palavras que designam um objeto, uma imagem, um alimento, precisam ser pronunciadas com seus respectivos volumes e conteúdos, mesmo que esses conteúdos representem intensidades coincidentes ou tomos distintos, repetia vovô, num discurso elaborado e brincalhão.

Inventávamos várias brincadeiras sobre volume. Uma delas era a de buscar formas diferentes com nosso corpo, e nos expressávamos corporalmente. E exercitávamos nossa expressão vocal pronunciando palavras.

Vovô perguntava: o corpo tem volume? Tempo tem volume? Movimento tem volume? Lua tem volume? Olhar tem volume? Caixa tem volume? Pensávamos e respondíamos, fazendo perguntas a vovô: pastel tem volume? Balão tem volume? Peteca tem volume? Bolo tem volume? E bola, tem?

Vovô não respondia, só afirmava: memória tem volume.

... árvore chora, ri, dança e
canta, gosta de companhia...

Arvorããão

Quando pronuncio a palavra "árvore", penso numa mangueira. Árvore frondosa, generosa, de muitos galhos, folhas verdes, sombra larga, tronco grosso e raízes compridas.

Seu fruto tem caroço, tem fiapos, tem polpa amarela e gostosa. Gosto de descascar a manga com os dentes e comê-la segurando com as mãos. Gosto também de chupar o caroço.

Aprecio o caldo que escorre pela boca e pelas mãos quando se degusta uma boa manga. Tenho preferência por manga espada e ainda por manga rosa, e entro em delírio chupando uma manguita.

Tenho prazer em olhar as mangueiras nos quintais, nas chácaras, nos sítios, nas fazendas de plantio de frutas, e experimento enorme sensação de beleza vendo-as às margens das estradas pelo interior do Brasil.

Então pronuncio "mangueira". Tem volume, tem gosto, tem tato, cor, cheiro, formato, contornos e frutos. Uma mangueira carregada de frutos verdes e maduros é um alumbramento para os olhos, e o coração toma sabor. Por isso, quando pronuncio "árvore", meu sentimento é de mangueira.

Bem, isso eu imaginava. Outro dia descobri que, quando digo "árvore", meu coração fala de jaqueira. É que, quando eu era uma criança menor, meu avô me apresentou a uma jaqueira enorme plantada próximo à escada da cozinha de sua casa. Ele gostava de jaca mole, conhecida como jaca manteiga. Plantada pelas mãos de meu avô quando ainda jovem, lá permanecia a jaqueira, gerando muitos frutos de temporada em temporada. Jacas grandes, carnudas, doces e exalando um perfume embriagador.

De tempos em tempos, meu avô presenteava os vizinhos e amigos com jacas inteiras, madurinhas. E também preparava vários tipos de doces de jaca, até cristalizava línguas de jaca sem os caroços. Diversas vezes o presenciei arrumando, em pequenas taças, saladas de frutas com as tiras de jaca incluídas. Ele apreciava muito; eu gostava também.

Aprendi com vovô a plantar mudas de jaqueira germinadas a partir dos caroços, que espalhávamos no fundo do quintal, e o ajudava apurando a calda da jaca para o ponto do licor. Licor alcoólico, servido nos aniversários e batizados.

Rabisquei e colori muitos papéis com desenhos de jaqueiras nas tardes sem pressa que meu avô promovia.

Sob sol escaldante e sobre folhas de zinco, secávamos os caroços de jaca. Depois os mergulhávamos em corantes de urucum para brincar de petecas coloridas. Saberes de meu avô, segredos que ele nos passava. Ficávamos um tempo grande olhando a jaqueira, passeando em sua volta.

Pois bem, tempo desses descobri que, quando falo a palavra "árvore", as referências recorrentes são também da jaqueira de meu avô e não só das mangueiras que tanto me comovem.

Meu pai, por sua vez, era apaixonado pelos cajueiros, disso eu sei. Ele nos convidava para abraçá-los. Sua relação com os cajueiros era comovedora. Ele adorava sentar nos galhos das árvores chupando os frutos. Cajus vermelhos, cajus amarelos, cajus de vez, com sal. Ele era especialista em pratos com caju: saladas, peixes, fritadas, arroz com caju, caju à milanesa, caju no molho do macarrão, etc. E os doces! Eram admiráveis, de aguar a boca.

Quando meu pai pronunciava "árvore" abraçando o cajueiro, eu vibrava ainda mais com a generosa mangueira expressa em meus olhos, e sabia do fundo do coração a jaqueira de meu avô. Evidente que num cantinho reservado, derramado em ramos, se espalhava o maracujazeiro de minha mãe, que ela zelava e mimava.

Outro dia vi minha irmã alisando umas folhas de abacateiro, olhando com ternura os frutos verdes pendurados. Tentei adivinhar, em silêncio, aquela admiração. Depois pedi que ela dissesse "árvore" – veio do tamanho daquele abacateiro. Nada mais falei. Preferi o silêncio, o mesmo de quando assistia a minha avó cuidando dos pés de hortelã no canteiro armado num jirau do quintal lá de casa. Minha avó, com os dedos longos, tocava levemente as folhas de hortelã como se orasse. Na verdade, ela mirava.

Vovô me contava histórias de árvores que gostavam de ser olhadas, vistas, apreciadas por nossos olhos. Ele afirmava que árvore chora, ri, dança e canta, gosta de companhia. As árvores lá de casa estavam sempre bem acompanhadas: presença de meu avô.

Pronunciando a palavra "árvore", percebo meu coração se desfolhar num movimento parecido com o da rosa se abrindo para revelar suas pétalas e se perfumar inteiro de jacas e mangas. Então, tenho a legítima sensação de estar dando sentido à palavra dita.

Às vezes acredito que, quando as pessoas me ouvem, descobrem as suas árvores – suas árvores do coração. Uma pitangueira, uma laranjeira, um coqueiro, uma macieira, um limoeiro, sei lá. Mas deve ser assim também quando elas pronunciam a palavra "árvore". Aí compomos um arvoredo.

A fala solidária

Vovô foi convidado pelo diretor de um sindicato de metalúrgicos a promover uma sessão de contação de histórias para os operários de uma grande empresa nacional. Vovô, vovó e os integrantes do grupo providenciaram um repertório de primeira, cuidadoso, mesclando histórias autorais e populares.

O auditório da empresa era grande e estava lotado de trabalhadores e seus filhos, além de alguns jovens que estagiavam na oficina da empresa. A sessão transcorreu na maior emoção, e vovô, entusiasmado, ainda acrescentou no final o poema "O operário em construção", de Vinicius de Moraes. Os aplausos foram calorosos.

O diretor do sindicato agradeceu a presença de todos, e perguntou se alguém da plateia queria se manifestar. Alguns trabalhadores falaram sobre a importância daquele encontro, da necessidade de repeti-lo outras vezes e elogiaram a qualidade do repertório e dos contadores.

Foi então que um dos sindicalistas pediu para falar e, depois de alguns elogios, reclamou de que as histórias contadas não abordavam todas as questões sociais. Vovó, que estava só ouvindo os comentários, pulou na boca de cena do auditório e respondeu:

— É, companheiro, realmente o repertório que contamos não dá conta de todas as questões, o companheiro tem razão. Por exemplo, eu gostaria de ter contado uma história sobre o comportamento dos homens que chegam em casa, tiram as cuecas e deixam no banheiro para as mulheres lavarem.

O silêncio foi constrangedor. Vovô, com habilidade, agradeceu a acolhida de todos e prometeu para uma próxima oportunidade outras histórias, também criativas e interessantes. Aplausos finais, vovó permaneceu em silêncio, só trocando olhares com vovô.

sugeriam soluç
ações pacificador
m dia, os hom
ir tesouros
dutos

Com mãos e vozes

Coser, remendar, refazer roupas velhas e usadas para ofertar a quem precisasse. Essa era uma mania de minha avó. Consertar roupas que nós, da família, não queríamos mais usar e doá-las a quem muito precisava.

Saias, calças, camisas, vestidos, calções, bermudas e casacos. Vovó ganhara de vovô uma caixa de madeira envernizada, com divisórias, para guardar seus acessórios e instrumentos de costura. Caixa esta cuidadosamente confeccionada por vovô. Vovó preenchia seu tempo "sobrado" nessas funções de renovar roupas velhas. É claro que não perdia oportunidade de convidar os netos para ajudá-la a pregar botões, escolher as cores das linhas, enfiar a linha no buraquinho da agulha, dobrar bainhas e outras tarefas pequenas. Vovó queria mesmo era os netos por perto para conversar, contar histórias e nos ensinar a botar as mãos em função. Insistia muito na importância de realizarmos coisas com as mãos. Realizar e transformar, criar com as mãos. Para ela, isso era muito importante, e mais importante ainda era valorizar as narrativas com o uso das mãos.

Assim, com as mãos em função, ouvíamos as histórias de minha avó. Histórias compartilhadas, interativas. Vovó iniciava, dava o mote e nós acrescentávamos buscando palavras, imagens e criando enredos imprevisíveis, com finais inusitados. Vovó sustentava o plano do enredo e estimulava que delirássemos no plano do discurso, no modo de dizer aquele enredo, nas palavras com que iríamos construir aquela narrativa.

Às vezes passávamos tardes inteiras procurando palavras para reuni-las, formar sentidos e dar significado às histórias. Com frequência, recorríamos ao dicionário e, eventualmente, também consultávamos as enciclopédias. Era maravilhoso. Conseguíamos produzir imagens fantásticas. Nossa imaginação não tinha freios. Percorria tempos, geografias, cidades, cavernas, tesouros, oceanos, florestas...

Recapitulávamos as histórias, refazíamos os planos. Elaborávamos a forma das narrativas, preservávamos a trama do enredo e viajávamos no plano estético, no plano do discurso. Vovó gostava de gravar essas brincadeiras no gravador de vovô; depois, parávamos para ouvi-las.

Em muitas ocasiões levávamos essas roupas recuperadas às casas das famílias necessitadas e contávamos as histórias que tínhamos criado. Vovó fazia a voz do narrador, e nós, as dos personagens. No começo, dava um nervoso de suar as mãos. Depois, o maior prazer. Brincadeiras adoráveis dessa admirável avó.

anejado, senão morreriam todos de fome. Joãozinho adormeceu e, estafado, acordou tarde, qua
, carinhosamente, já os chamavam para um novo passeio. Não houve tempo de reunir as pedrinha
A mãe entregou a cada uma das crianças um pedaço de pão. Maria guardou seu pedaço numa sac
enda que fora confeccionada por sua saudosa avó. Joãozinho, pelo caminho, foi jogando pedacin
lo de pão, na tentativa de ma[...] trajeto de volta. Passearam pela floresta, apanharam alguns
estres e, no final do dia, [...] acenderam outra fogueira com galhos secos caídos das árv
torno da fogueira, ado[...]ecer, as crianças foram despertadas pelo cantar dos
os. Já há muito seus [...] a. Novamente sozinhos, Maria pôs-se a chorar, e Joã
brou-lhe que o cami[...]ado pelos pedacinhos de pão que deixara cair. Estari
sarinhos não tivesse[...] sim, estavam perdidos."Quando meu avô cl
se momento da his[...]orante. Quer dizer que aquela mãe, tão car
os filhos, propuse[...]á-los à própria sorte no meio da floresta e
quele pai, gentil e a[...]r dessa ideia radical... santo Deus, que dese
ha irmã inevitavel[...]os, e essa era sua história predileta, a que s
ia para vovô contar. [...] medo de também ser abandonada por nossos pa
de onde ela tirou e[...]va explicando que esse sentimento pertencia a tod
or ou menor inten[...]o de ser abandonado afetivamente? Quem não tem
ser esquecido socialmente? [...] com a ameaça diária da exclusão cultural?" Vovô r
as perguntas diversas vezes.Na continuidade da história, os dois, Joãozinho e Maria, encontrav
esta uma casa de biscoitos: o telhado, de biscoitos champanhe; as paredes, de biscoitos de lei
cantes de aveia; as janelas, de biscoitos com jujubas coloridas; e a porta, de biscoitos com casta
ertura de chocolate. Mortos de fome e sede, corriam para a casinha e, ao se aproximarem, uma v
tava: "Quem está aí? O que querem?" A porta se abria e, de dentro da casa, saía uma velhinha nar
relhas grandes e toda enrugada. Dava medo. Era uma bruxa malvada, que logo arquitetou um plan
er aquelas duas crianças ensopadinhas com batatas.Bem, o restante da história vocês já conhec
, depois de derrubarem a pobre velhinha num caldeirão fervendo, Joãozinho e Maria, ajudados
mos passarinhos que tinham comido os pedacinhos de pão deixados pelo caminho, encontraram
a, atravessando um grande lago com o apoio de gansos amigos. Retornaram e reencontraram
rosos de saudades. Cada passarinho levara no bico uma pedra preciosa, o que formou um grande
presenteado à família.Nesse trecho da história, minha irmã, ainda soluçando, ria de ale
a sensação de superação, minha neta", dizia meu avô, todo aprumado na cadeira
. Vocês, meus netos, assim como todo mundo, encontrarão dificuldades na vida que, enfrentad
edoria, poderão ser superadas. E, nas soluções, muitas vezes contarão com o apoio de outros,
o Joãozinho e Maria tiveram dos passarinhos. Atenção para alguns detalhes: os mesmos passa
comeram os pedaços de pão ajudaram os dois a reencontrar seus pais e sua casa! As pessoas,
o os passarinhos da história, precisam de uma segunda oportunidade, às vezes até de mais de dua
monstrar afeto, carinho e capacidade de se ajudar e aos outros. Carecemos dessas oportunidade
revelar, vocês, crianças, os adultos e até nós, os velhos.Assim vovô encerrava as sessões de his
damentais, acrescentando sempre alguns lembretes sua necessidade de nos oferecer ensinam
o aquela cadeira de balanço vazia e me tomo de lembranças. Meu avô tinha razão. Tenho medo
eaça constante, presente a todo instante, de ser abandonado afetivamente. Tenho medo desse
o social. Tenho medo da solidão e da morte, vovô, eu tenho medo. Reunião de netos. Atenção, v
r! "Hoje, quero falar sobre os sentimentos, a natureza humana", anunciara meu avô, se esforçand
ter a coluna aprumada na cadeira. Ele tinha horror à dor de coluna e dizia que as pessoas que n
da postura física e que tratam o corpo apenas como uma mala pesada a ser carregada ao longo
ecem por isso. Vovô era magro, alto, careca, usava chapéu e tratava muito bem do corpo. Fazia
inhadas e sempre se sentava de forma ereta, com a espinha dorsal no eixo. Gostava de uma red
sonecas e de cadeira de embalo para prosear e contar histórias para os netos. Jurava que que
lasse da postura do corpo sentiria intensas dores e que, quando morresse, viraria alma penada. C
ada doeria muito, essas almas sofreriam muitíssimo e vagariam, em agonia, assustando os vivos.
lmas de pessoas que haviam sido gananciosas, trapaceiras, que só haviam pensado em acumular r
erial enganando os outros, movidas por muita ambição. Essas almas não têm sossego e, à noite
cemitérios e fazem suas aparições, pedindo clemência e gemendo. Com dores na coluna, afirmava

Medo de quê?

Aquela cadeira vazia na varanda lembra meu avô. Cadeira de balanço. Cadeira antiga, de vime, cipó bem amarrado. Um assentador que acomodava as "cadeiras" de meu avô bem confortáveis para ele contar histórias para os netos. Histórias já conhecidas de todos nós, que adorávamos ouvir de novo na voz pausada de vovô.

> *"Era uma vez, numa aldeia muito distante, há muito tempo, um casal que morava numa casinha simples com seus dois filhos: Joãozinho e Maria. Numa noite de muito frio, a mãe de Joãozinho e Maria, após o precário jantar, encaminhou os dois para suas camas, cobrindo-os com os grossos cobertores de couro e beijando-os na testa*

demoradamente. Retornou para perto do marido e comentou a situação em que se encontravam: a despensa estava quase vazia, com apenas alguns poucos mantimentos, e o inverno rigoroso ainda demoraria a passar. Sem os alimentos necessários, todos ali naquela casa corriam o risco de não sobreviver. A situação era dramática, mas haveria de ter uma saída.

O marido franziu a testa, suspirou fundo e perguntou: 'O que fazer? Como conseguir recursos e alimentos?' Sentia-se impotente, fracassado. A mulher tentou animar o marido com carinhos e, de súbito, revelou-lhe uma ideia: a alternativa possível, de seu ponto de vista, era deixar as crianças perderem-se na floresta. Assim, poderiam encontrar alguma forma de sobrevivência. Acontece que a mãe deixara a porta do quarto das crianças meio aberta, e o pequeno João ouvira toda a conversa em que ela tentava convencer o pai a abandoná-los na floresta na manhã do dia seguinte.

Então, Joãozinho acordou muito cedo e recolheu, no quintal da casa, pedrinhas brancas que fizera de peteca em suas brincadeiras. Recolheu-as e colocou-as no bolso da calça. Todos acordaram, tomaram chá bem quente de erva-cidreira e saíram para a floresta. O pai, a mãe, Maria e Joãozinho. No caminho, o garoto ia deixando cair as pedrinhas brancas. Quando alcançaram a alta floresta, os pais propuseram um descanso. Reuniram alguns gravetos, acenderam uma fogueira, repartiram um pedaço de pão com linguiça, comeram e, cansados, ali mesmo adormeceram.

Na manhã do dia seguinte, os dois irmãos acordaram e não encontraram os pais. Maria começou a chorar, e Joãozinho então lhe disse: 'Não chore, Maria, nem tudo está perdido, ainda resta uma esperança.' E, seguindo a pista das pedrinhas brancas, retornaram à casa, onde os pais estavam de olhos inchados de tanto chorar. Abraçaram-se fortemente e, nos braços da mãe e do pai, foram para a cama, ouvindo uma cantiga de ninar até adormecerem.

Assim, pensaram os adultos que as crianças dormiam.

Engano. Joãozinho, fingindo ressonar, ouviu novamente a mãe expor ao pai a necessidade de concretizarem o planejado, senão morreriam todos de fome. Joãozinho adormeceu e, estafado, acordou tarde, quando os pais, carinhosamente, já os chamavam para um novo passeio. Não houve tempo de reunir as pedrinhas brancas. A mãe entregou a cada uma das crianças um pedaço de pão. Maria guardou seu pedaço numa sacolinha de renda que fora confeccionada por sua saudosa avó. Joãozinho, pelo caminho, foi jogando pedacinhos de miolo de pão, na tentativa de marcar o trajeto de volta. Passearam pela floresta, apanharam alguns frutos silvestres e, no final do dia, já exaustos, acende-

ram outra fogueira com galhos secos caídos das árvores e, em torno da fogueira, adormeceram.

Ao amanhecer, as crianças foram despertadas pelo cantar dos passarinhos. Já há muito seus pais tinham ido embora. Novamente sozinhos, Maria pôs-se a chorar, e Joãozinho lembrou-lhe que o caminho de volta estaria marcado pelos pedacinhos de pão que deixara cair. Estaria se os passarinhos não tivessem comido os marcadores. Agora, sim, estavam perdidos."

Quando meu avô chegava nesse momento da história, o clima de tensão era apavorante. Quer dizer que aquela mãe, tão carinhosa com os filhos, propusera tamanha barbaridade – abandoná-los à própria sorte no meio da floresta escura?! E aquele pai, gentil e amoroso, concordara em participar dessa ideia radical... santo Deus, que desespero!

Minha irmã inevitavelmente já se encontrava em prantos, e essa era sua história predileta, a que sempre pedia para vovô contar. Ela chorava porque sentia medo de também ser abandonada por nossos pais. Não sei de onde ela tirou essa ideia! Vovô nos acalmava explicando que esse sentimento pertencia a todos com maior ou menor intensidade: "quem não tem medo de ser abandonado afetivamente? Quem não tem pavor de ser esquecido socialmente? E quem não sofre com a ameaça diária da exclusão cultural?" Vovô repetia essas perguntas diversas vezes.

Na continuidade da história, os dois, Joãozinho e Maria, encontravam na floresta uma casa de biscoitos: o telhado, de biscoitos champanhe; as paredes, de biscoitos de leite com crocantes de aveia; as janelas, de biscoitos com jujubas coloridas; e a porta, de biscoitos com castanhas e cobertura de chocolate. Mortos de fome e sede, corriam para a casinha e, ao se aproximarem, uma voz perguntava: "Quem está aí? O que querem?"

A porta se abria e, de dentro da casa, saía uma velhinha nariguda, de orelhas grandes e toda enrugada. Dava medo. Era uma bruxa malvada, que logo arquitetou um plano para comer aquelas duas crianças ensopadinhas com batatas.

Bem, o restante da história vocês já conhecem. No final, depois de derrubarem a pobre velhinha num caldeirão fervendo, Joãozinho e Maria, ajudados pelos mesmos passarinhos que tinham comido os pedacinhos de pão deixados pelo caminho, encontraram a trilha certa, atravessando um grande lago com o apoio de gansos amigos. Retornaram e reencontraram os pais chorosos de saudades. Cada passarinho levara no bico uma pedra preciosa, o que formou um grande tesouro, presenteado à família.

Nesse trecho da história, minha irmã, ainda soluçando, ria de alegria. "É a sensação de superação, minha neta", dizia meu avô, todo aprumado na cadeira de embalo.

— Vocês, meus netos, assim como todo mundo, encontrarão dificuldades na vida que, enfrentadas com sabedoria, poderão ser superadas. E, nas soluções, muitas vezes contarão com o apoio de outros, assim como Joãozinho e Maria tiveram dos passarinhos. Atenção para alguns detalhes: os mesmos passarinhos que comeram os pedaços de pão ajudaram os dois a reencontrar seus pais e sua casa! As pessoas, assim como os passarinhos da história, precisam de uma segunda oportunidade, às vezes até de mais de duas, para demonstrar afeto, carinho e capacidade de se ajudar e aos outros. Carecemos dessas oportunidades para nos revelar; vocês, crianças, os adultos e até nós, os velhos.

Assim vovô encerrava as sessões de histórias fundamentais, acrescentando sempre alguns lembretes – sua necessidade de nos oferecer ensinamentos. Olho aquela cadeira de balanço vazia e me tomo de lembranças.

Meu avô tinha razão. Tenho medo desta ameaça constante, presente a todo instante, de ser abandonado afetivamente. Tenho medo desse abandono social. Tenho medo da solidão e da morte, vovô, eu tenho medo.

Passeios guardados

"Hum!... Um cheiro lá de casa!" Vovó exclamava quando transitávamos pelas calçadas das casas, nas ruas por onde passeávamos juntos, por alguns bairros da cidade, aos sábados. Vovó gostava desses passeios e nos convidava. No trajeto ia comentando os cheiros que casas e quintais exalavam. Distinguia os perfumes vindos das plantas, das flores, das árvores dessas propriedades... lembravam os cheiros da cozinha da casa de sua mãe, nossa bisavó. Comentava sobre a memória dos cheiros dos quartos, das salas e das varandas. Descrevia com detalhes os cantinhos de que mais gostava da casa de sua infância.

Ficávamos encantados com esses pormenorizados relatos dos ambientes afetivos e das ambiências amorosas da história de vovó na casa dos nossos bisavós, tão distantes e tão próximos.

Um dia vovó resolveu nos presentear com alguns objetos que herdara dos bisas.

Para mim, vovó entregou uma armação inglesa de óculos do bisavô, uma toalhinha de renda feita pela bisavó e ainda alguns documentos das histórias deles.

Guardei-os em uma caixa com chave que ganhei de meu padrinho. E me emocionei quando vovó contou a história de cada um desses objetos; com memória privilegiada, partilhou comigo detalhes dessas vivências.

De algumas, depois, fiz várias anotações em meu caderno, que considero meu tesouro. Morro de vontade de um dia contar essas histórias, especialmente para meu filho. Vovó, aliás, me pediu que as mantivesse guardadas para repassá-las aos jovens das próximas gerações da família.

Disse-me vovó que o bisavô era leitor de Platão e que discutia, revoltado, sua hierarquização da razão sobre a emoção. Dizia vovó que razão e emoção não precisam dessa hierarquização –

pensa-se com emoção e emociona-se refletindo. Já programei um dia ler Platão para conhecer direito o que ele disse sobre isso. Vovó afirmava que o que bate no coração reflete na razão, e o que o corpo guarda a mente desfruta. Avó é avó, né?

Pois bem, percebendo meu interesse no assunto, vovó me passou um livro de Platão lido, sublinhado e comentado, nas beiradas das páginas, com a letrinha de meu bisavô; objeto de valor imensurável, parte de meus preciosos guardados.

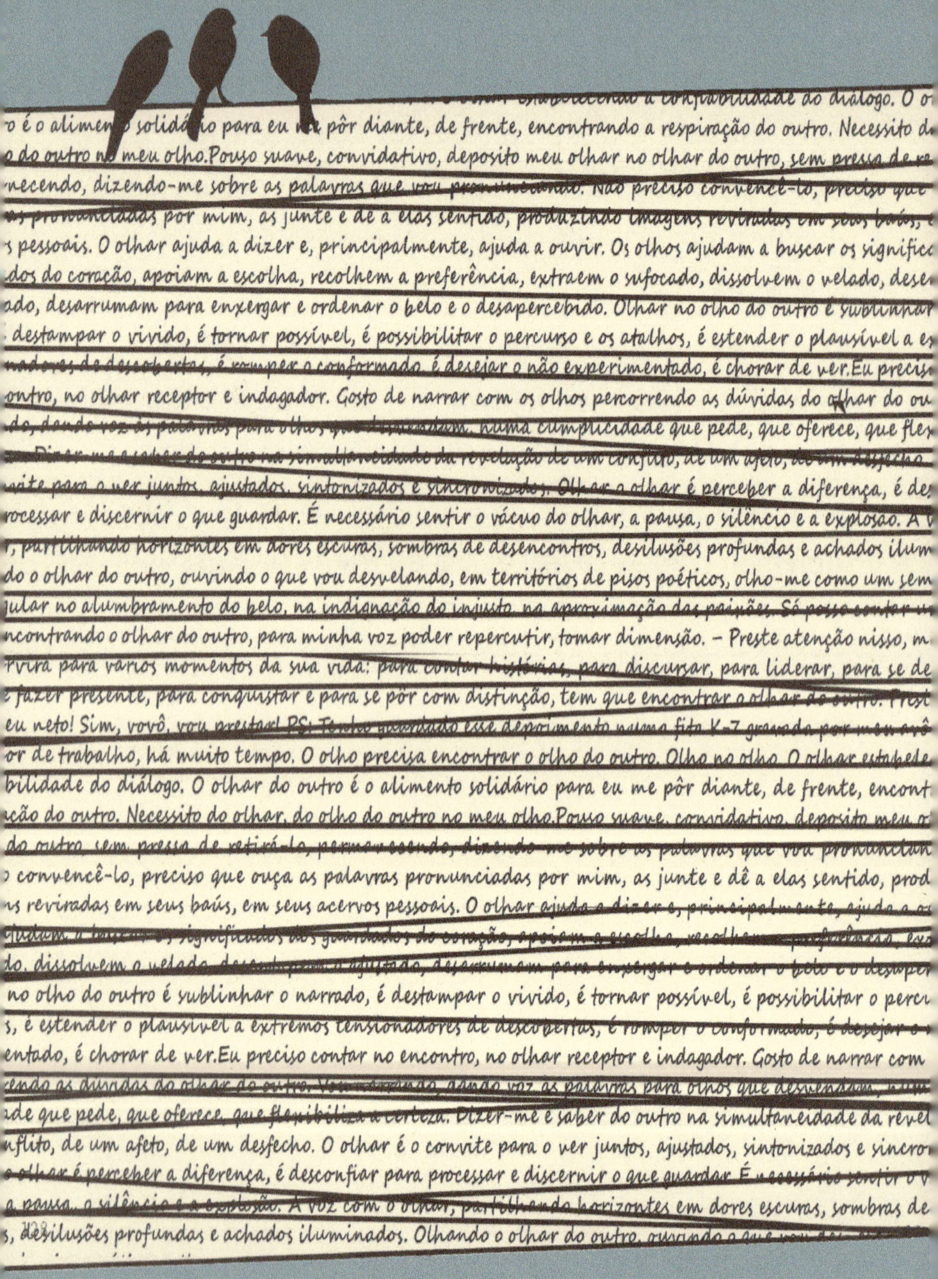

estabelecendo a confiabilidade do diálogo. O o
o é o alimento solidário para eu me pôr diante, de frente, encontrando a respiração do outro. Necessito d
do outro no meu olho. Pouso suave, convidativo, deposito meu olhar no olhar do outro, sem pressa de re
necendo, dizendo-me sobre as palavras que vou pronunciando. Não preciso convencê-lo, preciso que
as pronunciadas por mim, as junte e dê a elas sentido, produzindo imagens reviradas em seus baús, e
s pessoais. O olhar ajuda a dizer e, principalmente, ajuda a ouvir. Os olhos ajudam a buscar os signific
dos do coração, apoiam a escolha, recolhem a preferência, extraem o sufocado, dissolvem o velado, dese
ado, desarrumam para enxergar e ordenar o belo e o desapercebido. Olhar no olho do outro é sublinhar
destampar o vivido, é tornar possível, é possibilitar o percurso e os atalhos, é estender o plausível a ex
nadores de descobertas, é romper o conformado, é desejar o não experimentado, é chorar de ver. Eu precis
ontro, no olhar receptor e indagador. Gosto de narrar com os olhos percorrendo as dúvidas do olhar do ou
do, dando voz às palavras para olhos que desvendam, numa cumplicidade que pede, que oferece, que flex
Dizer-me e saber do outro na simultaneidade da revelação de um conflito, de um afeto, de um desfecho
vite para o ver juntos, ajustados, sintonizados e sincronizados. Olhar o olhar é perceber a diferença, é des
rocessar e discernir o que guardar. É necessário sentir o vácuo do olhar, a pausa, o silêncio e a explosão. A v
, partilhando horizontes em dores escuras, sombras de desencontros, desilusões profundas e achados ilum
do o olhar do outro, ouvindo o que vou desvelando, em territórios de pisos poéticos, olho-me como um sem
ular no alumbramento do belo, na indignação do injusto, na aproximação das paixões. Só posso contar
ncontrando o olhar do outro, para minha voz poder repercutir, tomar dimensão. – Preste atenção nisso, m
vira para vários momentos da sua vida: para contar histórias, para discursar, para liderar, para se de
fazer presente, para conquistar e para se pôr com distinção, tem que encontrar o olhar do outro. Prest
eu neto! Sim, vovô, vou prestar! PS: Tenho guardado esse depoimento numa fita K-7 gravada por meu avô
or de trabalho, há muito tempo. O olho precisa encontrar o olho do outro. Olho no olho. O olhar estabele
bilidade do diálogo. O olhar do outro é o alimento solidário para eu me pôr diante, de frente, encont
ção do outro. Necessito do olhar, do olho do outro no meu olho. Pouso suave, convidativo, deposito meu o
do outro, sem pressa de retirá-lo, permanecendo, dizendo-me sobre as palavras que vou pronuncian
convencê-lo, preciso que ouça as palavras pronunciadas por mim, as junte e dê a elas sentido, prod
s reviradas em seus baús, em seus acervos pessoais. O olhar ajuda a dizer e, principalmente, ajuda a ou
judam a buscar os significados dos guardados do coração, apoiam a escolha, recolhem a preferência, ex
do, dissolvem o velado, desembrulham o ajustado, desarrumam para enxergar e ordenar o belo e o desaper
no olho do outro é sublinhar o narrado, é destampar o vivido, é tornar possível, é possibilitar o perc
, é estender o plausível a extremos tensionadores de descobertas, é romper o conformado, é desejar o
entado, é chorar de ver. Eu preciso contar no encontro, no olhar receptor e indagador. Gosto de narrar com
endo as dúvidas do olhar do outro. Vou narrando, dando voz às palavras para olhos que desvendam, num
de que pede, que oferece, que flexibiliza a certeza. Dizer-me e saber do outro na simultaneidade da revel
nflito, de um afeto, de um desfecho. O olhar é o convite para o ver juntos, ajustados, sintonizados e sincro
olhar é perceber a diferença, é desconfiar para processar e discernir o que guardar. É necessário sentir o v
a pausa, o silêncio e a explosão. A voz com o olhar, partilhando horizontes em dores escuras, sombras de
, desilusões profundas e achados iluminados. Olhando o olhar do outro, ouvindo o que vou des

A herança que permanece

Reunião de netos. Atenção, vovô vai falar! "Hoje, quero falar sobre os sentimentos, a natureza humana", anunciara meu avô, se esforçando para manter a coluna aprumada na cadeira. Ele tinha horror à dor de coluna e dizia que as pessoas que não cuidam da postura física e que tratam o corpo apenas como uma mala pesada a ser carregada ao longo da vida padecem por isso. Vovô era magro, alto, careca, usava chapéu e tratava muito bem do corpo. Fazia longas caminhadas e sempre se sentava de forma ereta, com a espinha dorsal no eixo. Gostava de uma rede para tirar sonecas e de cadeira de embalo para prosear e contar histórias para os netos.

Jurava que quem não cuidasse da postura do corpo sentiria intensas dores e que, quando morresse, viraria alma penada. Como a ossada doeria muito, essas almas sofreriam muitíssimo e vagariam, em agonia, assustando os vivos. Ainda, as almas de pessoas que haviam sido gananciosas, trapaceiras, que só haviam pensado em acumular riqueza material enganando os outros, movidas por muita ambição. Essas almas não têm sossego e, à noite, saem dos cemitérios e fazem suas aparições, pedindo clemência e gemendo. Com dores na coluna, afirmava vovô.

"Antigamente, meus netos, os homens gastavam muito tempo observando os animais. A partir dessas observações, foram encontrando, entre os animais, comportamentos parecidos com os seus, e foram criando histórias para dizer dessas semelhanças." Por exemplo, as histórias com a personagem raposa. A raposa aparece nas histórias sempre esperta, querendo levar vantagem em tudo, sempre na espreita para aproveitar o descuido do outro, para atacar e trapacear. Por isso adjetivamos algumas pessoas de raposa velha, matreira, sagaz, astuta, "enrolona" e aproveitadora.

Essas histórias com personagens de animais com comportamento humano foram as primeiras histórias criadas pelos homens e mulheres. Algumas chamamos de fábulas. As fábulas, espelhando o comportamento do homem no do animal, revelam a complexidade da natureza humana. Como o homem sempre se perguntou "quem sou eu?", "de onde vim?", "para onde vou?", os mitos se proliferaram, originados no questionamento dos povos sobre si mesmos e o mundo, do fascínio pelos mistérios da vida.

Assim, fatos misteriosos, que alguém havia visto, quando contados, viraram lendas. Na permanente tentativa de explicar o mundo e se explicar, o homem foi inventando histórias fantásticas, de assombração, epopeias, aventuras... Vovó costumava interrompê-lo para servir canecas com refresco de carambola geladinho. Uma pausa oportuna e deliciosa.

Vovô contava algumas fábulas com raposas, macacos, cobras, onças, coelhos, lobos, jabutis, urubus, sapos, gatos, cachorros, lebre, etc, e retomava perguntando sobre o que ouvíamos ele ou vovó contar e ler: "de que tratavam?" E íamos respondendo: dos terrores do mundo, dos elementos da natureza, dos deuses, dos mistérios da alma humana, do tempo, das superações, das dores dos homens, das guerras, da geografia da terra, das tentações, dos demônios, da beleza do universo, dos amores, das separações e dos sentimentos humanos – inveja, ciúme, bondade, maldade, generosidade, crueldade, ganância, paixões, ódios, medos, coragem, intrigas, desejos, sonhos, fracassos, vitórias, liberdade, opressão, humilhação, traições, covardias, abandono, poesia, morte e nascimento.

E assim ficávamos horas e horas com vovô sentado na cadeira de balanço. Era o tempo sem pressa de reunião com os netos, tempo de histórias, quando vovô tentava explicar a complexidade da natureza humana, suas diabruras e virtudes. Vovô fazia-nos descobrir que o maior bem da humanidade são as histórias; a herança mais valiosa de nossos antepassados é esse acervo que fica na memória e nos faz refletir sobre o presente para nos aprimorarmos no futuro. Todas as sabedorias, as experiências, as vivências bem-sucedidas e as fracassadas estão nas narrativas que os homens e as mulheres recolheram, guardaram, partilharam.

"Tudo é história, meus netos, tudo vira história. Depois, é só contá-las. Confidenciá-las. Socializá-las."

A maioria dessas histórias está nos livros, pena que somente poucos os leiam. Pena também que os que os leem não contem o que leram, não repassem, não repartam.

A oralidade, a escrita e as imagens são linguagens que convivem, mantendo suas importâncias específicas. Uma não desmerece a outra; complementa-a. Na vida, mesmo no mundo contemporâneo, cada linguagem tem seu lugar e sua parcela de contribuição para a interação dos homens, qualificando as relações.

e frente, enco
ivo, deposito meu olh
e vou pronunciando. Nã
elas sentido, produzindo
palmente, ajuda a ouvir. O
a preferência, extraem o
belo e o desapercebido. O
sibilitar o percurso e o
é desejar o não ex
ar com os ol
rdar. É neces
m dores escuras,
do o que vou desv
o belo, na indigna
o, para minha voz poder repercu
os da sua vida: para contar históri
uistar e para se pôr com distinção
ar! PS: Tenho guardado esse depoi
mpo. O olho precisa encontrar o ol
har do outro é o alimento solidário p
nto do olhar, do olho do outro no meu olho.P
essa de retirá-lo, permanecendo, dizendo-m
preciso que ouça as palavras pronunciadas por
seus baús, em seus acervos pessoais. O olhar ajuda a dize
os significados dos guardados do coração, apoiam a escolh
velado, desentopem o ajustado, desarrumam para enxergar
é sublinhar o narrado, é destampar o vivido, é tornar poss
usível a extremos tensionadores de descobertas, é romper
e ver.Eu preciso contar no encontro, no olhar receptor e indaga
o olhar do outro. Vou narrando, dando voz às palavras para olh
e oferece, que flexibiliza a certeza. Dizer-me e saber do outro na
m afeto, de um desfecho. O olhar é o convite para o ver juntos, ajustado
é perceber a diferença, é desconfiar para processar e discernir o que guarda

O olhar que abraça

O olho precisa encontrar o olho do outro. Olho no olho. O olhar estabelecendo a confiabilidade do diálogo. O olhar do outro é o alimento solidário para eu me pôr diante, de frente, encontrando a respiração do outro. Necessito do olhar, do olho do outro no meu olho.

Pouso suave, convidativo, deposito meu olhar no olhar do outro, sem pressa de retirá-lo, permanecendo, dizendo-me sobre as palavras que vou pronunciando. Não preciso convencê-lo, preciso que ouça as palavras pronunciadas por mim, junte-as e dê a elas sentido, produzindo imagens reviradas em seus baús, em seus acervos pessoais.

O olhar ajuda a dizer e, principalmente, ajuda a ouvir. Os olhos ajudam a buscar os significados dos guardados do coração, apoiam a escolha, recolhem a preferência, extraem o sufocado, dissolvem o velado, desentopem o ajustado, desarrumam para enxergar e ordenar o belo e o desapercebido. Olhar no olho do outro é sublinhar o narrado, é destampar o vivido, é tornar possível, é possibilitar o percurso e os atalhos, é estender o plausível a extremos tensionadores de descobertas, é romper o conformado, é desejar o não experimentado, é chorar de ver.

Eu preciso contar no encontro, no olhar receptor e indagador. Gosto de narrar com os olhos percorrendo as dúvidas do olhar do outro. Vou narrando, dando voz às palavras para olhos que desvendam, numa cumplicidade que pede, que oferece, que flexibiliza a certeza. Dizer-me e saber do outro na simultaneidade da revelação de um conflito, de um afeto, de um desfecho. O olhar é o convite para o ver juntos, ajustados, sintonizados e sincronizados. Olhar o olhar é perceber a diferença, é desconfiar para processar e discernir o que guardar. É necessário sentir o vácuo do olhar, a pausa, o silêncio e a explosão.

A voz com o olhar, partilhando horizontes em dores escuras, sombras de desencontros, desilusões profundas e achados iluminados. Olhando o olhar do outro, ouvindo o que vou desvelando, em territórios de pisos poéticos, olho-me como um semelhante singular no alumbramento do belo, na indignação do injusto, na aproximação das paixões. Só posso contar uma história encontrando o olhar do outro, para minha voz poder repercutir, tomar dimensão.

" — *Preste atenção nisso, meu neto, que servirá para vários momentos da sua vida: para contar histórias, para discursar, para liderar, para se defender, para se fazer presente, para conquistar e para se pôr com distinção, tem que encontrar o olhar do outro. Preste atenção, meu neto!*"

Sim, vovô, vou prestar!

PS: Tenho guardado esse depoimento numa fita K-7 gravada por meu avô em seu gravador de trabalho, há muito tempo.

[illegible]stabelecendo a confiança...

[illegible]uso suave, convida[illegible], depos[illegible] meu olhar.

pronu[illegible]uas por mim, as junte e dê a el[illegible] sentid[illegible]

[illegible]icados dos [illegible] do coração, [illegible] a escolha, [illegible]

ar no [illegible] do outro é [illegible] o narrado, é des[illegible] o vivido,

[illegible]sejar o não experimentado, é chorar de ver. Eu preci[illegible] contar o

olhos que des[illegible]ndam, numa cumplicidade que perd[illegible], que oferece, [illegible]

[illegible] ajustados [illegible]onizados e sin[illegible] olhar o olhar é perceb[illegible]

[illegible] horiz[illegible] penumbras de desencontro

[illegible] singula[illegible] no alumbramento do belo, na indignação

[illegible] isso [illegible] meu[illegible], que ser[illegible] a para vê[illegible]

[illegible]ção, [illegible] encontrar [illegible] olhar do outro. Pr[illegible] meu

. [illegible] olh[illegible] encontrar o olho do outro [illegible]. O ol[illegible]

ece[illegible]sit[illegible] olho d[illegible] meu ol[illegible]. Pouso suave, con[illegible]

“Francisco Gregório da Silva Filho”,
disse minha mãe quando eu nasci.
Eu, primeiro filho.
Cabe a mim construir uma história
como sujeito em Francisco.
Diariamente me construo sujeito
da história desse Francisco de nome,
desse Gregório
de referência familiar,
desse da Silva
do repertório comunitário,
e do Filho dos acervos pessoais
de meu pai e de minha mãe.

Acervo pessoal

Parte III

Atravessar ou atravessar-se?

Diálogos entre obra e autoria

Francisco Gregório da Silva Filho nasceu na cidade de Rio Branco, Acre, na região Norte do país, no dia 30 de março de 1949. O primeiro dos sete filhos de Francisco Gregório da Silva e de Heliete Daniel da Silva, família que vivia numa casa de madeira, no bairro popular que recebera o nome de Capoeira. Neto, por parte de pai, de Idalino Gregório, soldado da borracha, e de Maria, da tribo Kaxinawá, nas margens do rio Jordão; e, por parte de mãe, de Pedro Daniel, comerciante ribeirinho, e outra avó também chamada Maria.

Sua trajetória profissional é pautada essencialmente pela atuação no meio cultural e seu intenso trabalho em prol de uma política cultural pública de formação de leitores, por considerar o acesso à leitura e à literatura estrutural à construção da cidadania. Nesse sentido, cabe lançar luz sobre o que disse Antonio Candido em seu importante ensaio intitulado "O direito à literatura"[1]:

> [...] a luta pelos direitos humanos abrange a luta por um estado de coisas em que todos possam ter acesso aos diferentes níveis da cultura. A distinção entre cultura popular e cultura erudita não deve servir para justificar e manter uma separação iníqua, como se do ponto de vista cultural a sociedade fosse dividida em esferas incomunicáveis, dando lugar a dois tipos incomunicáveis de fruidores. Uma sociedade justa pressupõe o respeito aos direitos humanos, e a fruição da arte e da literatura em todas as modalidades e em todos os níveis é um direito inalienável. (2012, p.40).

Sendo a literatura uma importante fonte de conhecimento, além do fato de que as obras literárias desempenham também um papel social, é possível circunscrever, nas memórias de Francisco Gregório, as relações que esse tipo de texto pode estabelecer com a educação, numa interseção que resulta no desenvolvimento de uma criticidade e autonomia de pensamento facilitado pela leitura:

[1] CANDIDO, Antonio. "O direito à literatura" *In* LIMA, Aldo de *et al.* *O direito à literatura*. Recife: UFPE, 2012.

> *Um dia, na escola, a professora de teatro leu uma peça de Sófocles, uma tragédia chamada Antígona. Nesse dia, conversaram muito sobre a necessidade de se exercitar constantemente a desobediência.* [...] *Perguntou-se, então: a que desobedecer? A quem desobedecer? Poderia desobedecer a ele mesmo? Foi aí que lhe veio o sentido da palavra discernimento. Discernir... é necessário aprofundar o exercício de discernir, pensou. Discernir para saber escolher, assumir, obedecer, contrariar e se apresentar. Apresentar-se a si e ao outro.* (pp.11-2).

No trecho destacado, pode-se perceber as indagações que a leitura de um grande enredo – narrado há tempos inimagináveis – provocou no jovem Francisco, marcando seu percurso a ponto de permanecer vigente em seu acervo de memórias.

E são essas aprendizagens que movem, nos últimos trinta anos, o contador de histórias Gregório, aposentado de suas atividades como gestor público, a se dedicar à partilha de sua experiência realizando oficinas por todo o Brasil, com intensa adesão de educadoras e educadores de diversas áreas.

A confecção de pipas em diferentes materiais também se tornou uma referência de seu trabalho, sendo que os retalhos de tecidos já utilizados para outras funções são seu material favorito, porque trazem consigo enredos a partir dos quais ele inventa mais um tanto e, para cada pipa produzida, ordena uma história. Como já bem dizia seu amigo escritor Bartolomeu Campos de Queirós, "toda memória é ficcional, não existe uma memória pura", de modo que, nestas memórias, pode-se ver uma forma de ser, sentir e ficcionalizar.

O tema desta ficção autobiográfica nasce como uma narrativa única, pautada, inicialmente, nas memórias de sua trajetória enquanto jovem. Assim, *Travessia: memorial de um contador de histórias* é um livro que conduz à infância e à juventude de um narrador sensível e atento ao mundo à sua volta, levando-nos ao âmago das suas origens, às primeiras experiências no mundo do trabalho e ao mergulho nas palavras e nos conhecimentos gerados em cada episódio que a vida proporciona.

Francisco Gregório aciona sinestesicamente lembranças que convidam o leitor a percorrer não somente a trajetória, mas também o acervo composto por suas próprias histórias.

É possível perceber, a partir do levantamento do contexto sociopolítico e econômico brasileiro, que os problemas sociais da época (atualíssimos) são descortinados, assim como a realidade de uma determinada região e as injustiças sofridas pelas camadas desprestigiadas da sociedade. Se o personagem não denuncia as angústias e assédios sofridos nas diferentes experiências no mundo do trabalho, o escritor, ao publicar a obra, protegido por seu personagem, o faz ao relatar a luta em conseguir um emprego sem se deixar corromper ou compactuar com um sistema viciado em enganar e tirar vantagem em tudo. Mais do que isso, o autor, a partir dos episódios da Parte I, delata a negligência e os abusos sofridos. Portanto, subjacente à obra, há um discurso político no seu sentido mais amplo, evidenciado no comprometimento ético com o coletivo do protagonista em seu pleno exercício da cidadania.

Do ponto de vista temporal, a história apresenta dois momentos: passado (reminiscências da infância e juventude) e presente (situação atual). Grande parte da narrativa é reservada às lembranças do protagonista a respeito de sua infância e juventude. Entretanto, Chico, ao relatar suas memórias nos episódios da Parte II, retorna à casa da família, indo ao encontro de tudo que o formou como o grande contador de histórias que hoje é. A partir da oralidade, o narrador se aproxima do escutador das histórias que conta. Palavras como 'avoengo' (avós; ancestrais) e 'cafifa' (pipa) são algumas que o leitor encontrará na narrativa memorialística do autor.

Nesse contexto familiar, é preciso focar as figuras dos avós, que, na narrativa, mais que de guardar, têm a função de repassar as histórias, lembranças, a sabedoria ancestral adquirida. São eles os verdadeiros "baús de memórias", as "vozes da travessia" de toda uma família e sociedade a qual pertencem.

Carmen Lúcia Tindó Secco[2], ressalta:

---

[2] SECCO, Carmen. L.Tindó. *A magia das letras africanas*: ensaio sobre as literaturas de Angola e Moçambique e outros diálogos. Rio de Janeiro: Quartet, 2008.

> [...] os velhos têm um papel importante na filosofia de vida africana: são os guardiães da memória, os griots, ou seja, os velhos contadores de histórias que passam aos mais jovens a tradição e os conhecimentos ancestrais. (2008, p.64).

Com efeito, é o que nos traz Francisco Gregório no seu percurso de se fazer - e reconhecer - transmissor desse conhecimento, compartilhando as vozes que lhe atravessaram como sabedoria neste memorial.

Com a predominância de uma linguagem plurissignificativa, figurada, por meio da recriação da realidade, o texto é carregado de subjetividade; ou seja, a partir da experiência com as coisas, pessoas, situações, momentos históricos, o olhar pessoal do autor se evidencia com intenção artística e estética. Ao leitor, cabe o espanto, o deslocamento de seus 'lugares comuns', a fim de lhes dar novas roupagens, além daquelas que supõe fornecer quem escreve. Isso porque ler é muito mais do que decodificar letras, sílabas, palavras, frases, períodos e parágrafos; ler é compreender as diversas narrativas que oferece o mundo que nos cerca.

Mergulhados que estamos no universo digital, em redes sociais, plataformas e aparelhos eletrônicos, será que estamos despertos e atentos para a polissemia das narrativas que nos atravessam diariamente?

O percurso memorialístico de Francisco Gregório termina por mover o leitor ao encontro de tais perguntas face a uma sabedoria ancestral personificada pela figura adorável dos avós, cuja voz, em diversos momentos da narrativa, persiste em nos lembrar a todos:

> *Vocês, meus netos, assim como todo mundo, encontrarão dificuldades na vida que, enfrentadas com sabedoria, poderão ser superadas. E, nas soluções, muitas vezes contarão com o apoio de outros, assim como Joãozinho e Maria tiveram dos passarinhos. Atenção para alguns detalhes:* [...] *as pessoas, assim como os passarinhos da história, precisam de uma segunda oportunidade, às vezes até de mais de duas, para demonstrar afeto, carinho e capacidade de se ajudar e aos outros.* (pp.105-6).

> *O olho precisa encontrar o olho do outro. Olho no olho. O olhar estabelecendo a confiabilidade do diálogo. [...] Necessito do olhar, do olho do outro no meu olho. [...] Preste atenção nisso, meu neto, que servirá para vários momentos da sua vida: para contar histórias, para discursar, para liderar, para se defender, para se fazer presente, para conquistar e para se pôr com distinção, tem que encontrar o olhar do outro. Preste atenção, meu neto.* (pp. 117-9).

Assim, o livro *Travessia – memorial de um contador de histórias*, de Francisco Gregório da Silva Filho, nos possibilita compreender, por meio da ficção, nossa própria realidade, nos fazendo pensar e sobre ela agir de forma mais consciente e humana. O que é verdade na ficção de Francisco Gregório? O que é inventado? Isso nem importa descobrir...

ncisco Gregório da Silva Filho (texto)
arissa Kouzmin-Korovaeff (ilustrações)

ição: outono de 2022

Rua Ernesto Zuanella, 100 - Parque Continental
São Paulo/SP Cep: 05.327-060
(21) 98207.8535

Edição de textos: Ana Clara das Vestes
Revisão: Mirian da Silva Cavalcanti
Projeto gráfico e capa: Larissa Kouzmin-Korovaeff
Editora responsável: Larissa Kouzmin-Korovaeff

CATALOGAÇÃO NA PUBLICAÇÃO
Flávia L. B. Ranna Castainça CRB-7: 6117

S586t

Silva Filho, Francisco Gregório da
Travessia : memorial de um contador de histórias / Francisco Gregório da Silva Filho ; ilustrações de Larissa Kouzmin-Korovaeff - 1 ed. São Paulo, SP : Semente Editorial, 2022.

132 : 21 cm

ISBN 978-65-86610-25-3

1. Ficção autobiográfica. 2. Memória na literatura. 3. Ensino médio - Brasil. 4. Ficção brasileira. I. Título. II. Kouzmin-Korovaeff.

CDD: 869.3

Este livro foi impresso na cidade de São Paulo, pela gráfica Metabrasil, para a Semente Editorial, em maio de 2022. (1ª edição, 1ª impressão). Tipologia: Courier New e Aquarion; Papel miolo: Pólen 80g /m²; Papel capa: cartão triplex 250g/m².